L'OMBRE
DE JUVENAL,
OU
TABLEAUX
DES CRIMES
DU DIX-HUITIÈME SIÉCLE.

SATYRES.

.... *Nam quis iniquae*
Tam patiens gentis, *tam ferreus, ut teneat se?*
(Juven. Sat. Ie.)

Quel sang froid y tiendroit? quel homme au cœur d'airain
Peut se taire?.... ou souffrir ce Peuple *Jacobin.*

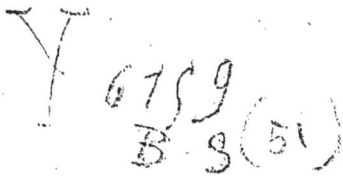

Composition démocrati-fuge contre la rage française, avec une estampe , prix 1 l. 4 s. & 1 l. 10 s. *franc.*

Différence des deux religions 4 s. & 6 (*port franc.*)

Cathéchisme à l'usage des vrais fidèles , 4 s. & 6 s.

Almanach de L'ABBÉ MAURY , avec le portrait 1 liv. & 1 liv. 5 s.

Le patriote catholique 4 s. & 6 s.

Moyens qui restent aux françois pour être vraiment libres, 15 s. & 20 s.

Projet de pétition à présenter par chaque noble français à sa municipalité , 8 s. & 12 s.

Lettre à M. Camus , au sujet de ses observations sur les deux brefs du pape PIE VI , 12 s. & 15 s.

Nouveaux motifs de confiance , suivis de l'adresse aux vierges chrétiennes , 8 s. & 12 s.

Les Jacobins dévoilés, 4 s. & 6 s.

Lettre d'adieu d'un curé de Paris à ses paroissiens , 8 s. & 12 s.

Les crimes constitutionnels de France , avec figure 3 liv. & 4 liv.

Préservatif pour ma Famille , contre les dangers du Schisme , 10 s. et 15 s. *franc.*

Les deux Voisines , ou conversation entre deux Parisiennes de.... 4 & 6 s. (*port franc.*)

Encyclopédie domestique , ou Annales instructives, formant recueil de toutes sortes de Remèdes , Recettes, Secrets , Inventions , Découvertes utiles & agréables , &c. prix 4 liv. 4 s. & 5 liv. *franc* par la poste.

Nouveau Théâtre sentimental à l'usage de la Jeunesse, in-8º.

Les Roses de l'Éducation, ou Variétés amusantes, in-8º

Ces deux ouvrages ornés d'une belle estampe , se vendent chacun 3 liv. & franc par la poste 4 liv.

L'OMBRE
DE JUVÉNAL,

OU

TABLEAUX
DES CRIMES
DU DIX-HUITIÈME SIÉCLE.

SATYRES.

. . . . *Nam quis iniquae*
Tam patiens gentis, tam ferreus, ut teneat se?
(Juven. Sat. Ie.)

Quel sang froid y tiendroit? quel homme au cœur d'airain
Peut se taire?.... ou souffrir ce Peuple *Jacobin.*

A COBLENTZ,
Et se trouve à PARIS,
Chez Laurens jeune, Imprimeur-Libraire,
Rue St. Jacques, N°. 37.

1792.

Oh ! combien doit frémir ton ombre épouvantée,
Lorsque tu vois *la France* à tes yeux présentée,
Par son affreux délire étonnant l'Univers,
Consacrant des forfaits inconnus aux Enfers !

(Vers imités de la Phèd. de RACINE.)

TABLEAUX
DES CRIMES
DU DIX-HUITIÈME SIÉCLE.

SATYRES.

Iere. SATYRE.

LA BASTILLE, ou LES HEROS.

OUI, je les veux montrer eux-mêmes à leurs yeux,
Ces monstres....arrachons leurs bandeaux odieux.
Tremble, à ton propre aspect, tremble Siècle ef-
    froyable.
Oh! qui me prêtera le crayon redoutable
Assez grand, assez noir pour les faire pâlir,
Ces fronts qui dès long-temps ne sçavent plus rougir?
Mais le vice a brisé tous les nerfs du génie:
Hélas! le crime seul a pris de l'énergie.
Plus de talent qui puisse aussi haut aspirer:
Plus d'esprit qui se puisse avec lui mesurer.

A 2

OMBRE terrible, ô toi, qui jusque dans Caprée *
Du vice allois flétrir l'impudence adorée,
De ton style de fer arme-toi JUVÉNAL:
Des forfaits inconnus au séjour infernal
T'appelent.... reparois à cette digne époque:
Viens, ton brûlant génie est le Dieu que j'invoque.
Trempe mes traits cuisans dans le noir Phlégéton:
Du tonnerre en fureur donne à ma voix le ton:
Et que de ta colère éloquent interprête,
Le Monde, à tes accens, me connoisse poëte.

MAIS ce siècle, dit-on, raisonneur et pervers,
Ce siècle délicat, il ne lit plus de vers.
Et je le crois: Vengeurs de la Vertu souffrante,
Fut-il contre le crime une arme plus sanglante?
C'est par eux que toujours l'honnête homme irrité
Fit craindre à ses tyrans la fière vérité.
Mais que ton charme entraîne: et forcé de nous lire,
Lui-même en frémissant, que le coupable admire.

LA scène au reste ici n'offre rien que de neuf:
A ce nombre fatal *sept cent quatre-vingt-neuf,* **
Devoient au Monde enfin s'ouvrir les grands spectacles:
Le crime étonne, il crée; il sème les miracles.
Renforce tes couleurs; les Nérons, les Séjans,
Et la race d'Atrée, & celle des Titans,
Ne sont près de ceux-ci que des monstres vulgaires:

---

* Isle, où Tibère, au sein des plus infâmes débauches,
méditoit ses cruautés. Juvénal peint les excès de ce Monstre
adoré et de son favori Séjan, quoiqu'il n'ait pas vécu de
leur temps.

** L'année 1789, où a commencé la révolution.

Ta Muse va poursuivre un peuple de Mégères.
Sur leur coupable tête assemblons les enfers :
Que le fiel d'Alecto bouillonne dans ces vers :
Apporte ses tisons, et son fouet de coulœuvres.

PAROISSEZ, grands Héros, étalez-nous vos
    œuvres :
Voici le Rhadamante, inflexible censeur,
Qui va juger leur gloire, ou percer leur noirceur.
Lisez.... c'est votre arrêt ; jusqu'au fond de vos ames
Qu'il porte le suplice : et nuds, hideux, infâmes,
Rentrez, vils scélérats, par la honte illustrés,
Dans les bourbiers fangeux dont vous fûtes tirés.

QUEL est ce *Médaillon*, * et ces tours renversées ?
Quoi déja vos fureurs effrontément tracées,
M'étalent, rayonnans en or sur votre sein,
Ces forfaits, que ma Muse, imprimés sur l'airain,
S'en alloit dévouer, dans sa juste colère,
A l'exécration de la nature entière.

AINSI les voilà donc, parjures déserteurs,
Voilà de vos exploits des monumens flateurs !
Ainsi vous constatez vos preuves d'*héroïsme* !
Vous.... (des mœurs et des mots ô l'impudent
    cynisme !)
Rebelles, factieux, brigands, lâches bourreaux,
Que de droits vous avez à ce nom de *Héros* !
Echápés du gibet, on y suspend les maîtres :
Ce trait change aussi-tôt en grands hommes des
    traîtres !

---

* La médaille d'or donnée dès le commencement de
la révolution aux vainqueurs de la Bastille.

Qu'on ait honni, proscrit, égorgé la vertu !
Dès-lors de tout mérite un monstre est revêtu !

V o u s, des héros ! grands Dieux ! . . . à ce superbe
titre,
Votre cœur (si lui-même on l'en faisoit arbitre ;
Si le méchant en lui sent palpiter un cœur ;)
Ne réclame-t-il pas contre ce cri mocqueur ?
Vous prétendiez aussi vivre dans la mémoire :
Voyons-donc quels témoins parlent de votre gloire :
Autour de votre Roi quels flots de sang versés,
Quels ennemis du trône à ses pieds terrassés,
Quels murs, quels champs couverts d'honorables
victimes,
Prouvent de votre amour les efforts magnanimes ?
Voilà par quels exploits il falloit attester,
Que, ce nom, votre bras avoit su l'acheter.
Quoi ! désormais commun, Sulli, Condé, Turenne,
Grandes ombres, l'honneur de la nature humaine,
Vous le partageriez avec ses vils rebuts !
Non, non, ne craignez pas un si honteux abus.
Ah ! de ce mot flétri les syllabes impures
Ne seroient aujourd'hui que d'atroces injures.
Gardons, chastes Auteurs, d'en souiller ces beaux
noms :
Muses pour les chanter inventez d'autres sons.

M a i s quoi de si sacré, Philosophes profanes,
Qui ne soit perverti par vos impurs organes ?
Les puis-je entendre, ô ciel, ces hardis scélérats,
Des motifs les plus saints couvrir leurs attentats !
Traitres il vous sied bien d'invoquer la *Patrie*,
Que vendit, qu'immola votre aveugle furie !
Vous seuls avez donné le signal assassin

Aux monstres qui depuis lui déchirent le sein.
Vous seuls avez ouvert, et déchainé sur elle
Ces noirs torrents de maux, dont la source éternelle
Va s'étendre à jamais sur ses tristes enfans.
Sous vos drapeaux marchoient les Crimes triomphans,
A leurs pieds, chaque jour, votre audace mendie
Le prix cent fois payé de votre perfidie :
Vous osez rappeler vos forfaits chaque jour ;
Et pour la France encore nous vanter votre amour !
Pour l'avoir dépouillée il faut qu'on vous habille !
l'Etat doit à ses frais nourrir votre famille ;
Lorsque vous dévorez la veuve et l'orphelin ;
Qu'à cent mille indigens vous arrachez le pain !

MAIS, que dis-je ? à plus d'un, parmi vous, grands
    héros,
Je prête encore des vœux et des projets trop hauts.
Qu'il ait dequoi fêter quelque Vénus bannale ;
Ou que pour humecter son festin cannibale,
Dans la crapule un jour il se puisse noyer,
La France est à ce prix : qui le veut soudoyer ?
Il est prêt : dans son sang une Province nage :
Et partout va rouler la flamme et le carnage.
Du cabarêt il vole à ces nobles exploits :
Et vainqueur y revient nous barbouiller des loix.

QU'ENTENDS-JE ? tu me perds, Muse profâne : arrête
Ah ! sois plus sage ! entonne un hymne à la conquête
Des *saints* restaurateurs de notre *Liberté*.
Mais de leurs actions noircir la pureté !...
Tu blasphêmes... qui ? moi, que je puisse me taire,
Ou façonner ma bouche au langage vulgaire !
Quoi ! ce débordement de tous les attentats ;
Ces décrets protecteurs de tous les scélérats,

Ce despotisme affreux d'une horde insolente
Tenant sous le couteau l'innocence tremblante;
Ce noir cahos d'erreurs, d'abus, d'atrocité,
Je pourrois moi, comme eux, le nommer *Liberté*?
Je ceindrois vos lauriers bravaches hypocrites,
D'un tas d'obscurs fripons insolens satellites!
Tandis, lâches valets de vos tyrans bourgeois,
Que votre bras impie est levé sur vos Rois;
Que vous couvrez leur thrône et de sang et de boue;
Que des droits les plus saints votre fureur se joue;
Qu'un joug humiliant pèse sur notre front;
Que la rusticité, sous un sceptre de plomb,
Ecrase les talens, les vertus, la noblesse;
Que le fort à son gré pressure la foiblesse;
Oser nous dire alors que vous brisez nos fers!
Ah! ces liens heureux, cruels, nous étoient chers.
Sous ces Rois, doux présens de la bonté céleste,
Des siécles de bonheur, jusqu'au moment funeste
Où leur trône ébranlé chancela sous vos coups,
Oui, de longs siécles d'or s'accumuloient pour nous;
Et c'est où commença votre anarchique empire,
Que *liberté*, richesse, & bonheur, tout expire.
Oh! portez, (si ces vœux peuvent être permis,)
Portez vos dons suspects à nos fiers Ennemis!
Et victimes bientôt d'exécrables systêmes,
Leurs maux nous forceront à les plaindre nous mêmes.

MAIS *on tramoit*, dit-on, *des projets meurtriers.*
Nos tombeaux se creusoient sous nos propres foyers.
Ils sont nos Dieux sauveurs :.. sans eux, à les entendre,
Paris n'étoit bientôt qu'un vaste amas de cendre!
Imposteurs! ainsi donc, en désolant ces bords,
Vos Rois ne veulent plus régner que sur des morts?

Ces Grands, que parmi vous enchaîne l'opulence,
Pour le plaisir affreux d'un instant de vengeance,
Vont, avec leurs tréfors, eux & vous écrafés,
Abymer leurs Palais sous vos murs embrafés !

Oui, l'on conspire, oh ! oui : mais qui; Peuples
     crédules ?
Mercénaires échos de fables ridicules,
Philosophes foldats, intriguans Citoyens,
Eux feuls, (à leurs fermens, connoiffez les Troyens,)
Ces perfides Sinons, vils instrumens à gages,
Seuls appelloient fur vous la flamme & les ravages.
Ils craignent, difent-ils : eh ! quoi ? l'ordre & la paix ?
Ces lois, ces tribunaux, ces tours, * ces murs épais,
Où le crime éperdu, que leur feul afpect glace,
Lit peut-être un arrêt, qu'un bras vengeur y trace,
L'épouvantable arrêt dont frémit Baltazar ? **
Auffi tout fcélérat, foudain nouveau Céfar,
Court-il les affiéger... Mais au moment qu'ils tombent,
Que fous cent mille bras vingt *** malheureux fuc-
     combent ;

---

* De la Bastille.

** Baltazar Roi de Babylone, au milieu d'un superbe
festin, apperçoit une main sortant du mur, & écrivant :
trois mots en effet restèrent tracés sur le mur. Le Monarque
éperdu fait appeller tous les fçavans de son Empire ; qui
ne purent lire les caractères mystérieux : Daniel les lit &
les explique : c'étoit l'arrêt terrible de sa mort : il est exé-
cuté la nuit même.

*** Quelques Invalides qui se trouvoient alors dans la Bastille, où, ne soupçonnant rien, on n'étoit point en défense.

Que de tous ses pareils digne libérateur,
Au milieu de vos cris marche en triomphateur
L'escadron teint de sang, fier des meurtres sublimes
Dont chacun porte en mains des gages magnanimes ;
Voyez, pour premier fruit de votre *liberté*,
En tous lieux sur leurs pas l'honnête homme insulté !
Voyez-les, sous vos yeux tranquilles & complices,
Garotter l'innocent, le traîner au supplice !
Voyez, sur les débris de ce Fort abattu,
S'ouvrir mille cachots * pour la triste vertu !

CONSACRE peuple heureux, cette race immortelle :
Point de prix assez grand pour bien payer leur zèle.
Quels bienfaits ! sous tes pieds ils balayent les grands ;
De leur trône orgueilleux renversent les tyrans ;
S'installent à leur place : & que l'on gagne au change !
Par milliers sous nos pas il en nait de la fange.

OUI, Muse, il nous les faut couronner de nos mains :
Acquittons envers eux la dette des humains.
Venez, *des nouveaux droits* conquérans intrépides,
Dont les cent bataillons contre vingt Invalides,
Abattant sous leurs coups des vieillards désarmés,
Les ont sous ces remparts noblement assommés :
Venez, du fier Laulnay, dans vos mains ruisselantes,

---

* La différence qu'il y a entre l'ancienne Bastille, & les nouvelles, c'est que la première, unique sous le despotisme, étoit destinée aux ennemis de l'État, des mœurs, ou de la religion ; & que tous leurs amis au contraire, sont les nouveaux criminels qui peuplent aujourd'hui les milliers de prisons érigées par la Philosophie & la Liberté. La vertu n'est plus, (tant les choses ont changé de nature !) qu'une *conspiration* contre le genre humain. La *sainte* insurrection, les saints massacres, la sainte impiété ont pris la place.

Branlant avec orgueil les dépouilles fanglantes ;
Sur des corps déchirés traînant vos Rois captifs ;
Entourés de bourreaux, & des mânes plaintifs
De tant d'infortunés, qu'innocentes victimes
Par milliers fur la France ont entaffés vos crimes ;
Dévorant le cadavre, & les reftes fouillés
De la trifte Patrie expirante à vos pieds :
C'eft dans cet appareil impofant & terrible,
Qu'entre nous choififfant un juge incorruptible,
Je veux vous préfenter à la Poftérité ;
Et réclamer pour vous le titre mérité.

IIe. SATYRE.

LE PALAIS ROYAL.*

. . . . *Nam quis iniqui*
Tam patiens Monstri, *tam ferreus, ut teneat se ?*
(Juven.)

Viens, qu'à d'autres horreurs ton courroux fe
prépare :
Viens, je te veux montrer plus que l'affreux Tartare,
Ombre illuftre, fuis moi. Pour de pareils tableaux,
Dans les bourbiers du Styx trempe tes noirs pinceaux.

Au centre faftueux de cette immenfe ville,
Où s'unit à l'or pur la fange la plus vile,
Les êtres les plus doux, à des monftres cruels,
Et tous les biens trompeurs à tous les maux réels,

* Lifez RÉGICIDE.

S'élève un Temple ; immonde & superbe édifice ;
Que les Arts de concert ont orné pour le Vice.
C'est de tous ses héros le vaste Panthéon.
C'est là que le Français, peuple caméléon,
Quitte, embrasse, reprend tour à tour abolies,
Et la mode éphémère, & toutes les folies ;
Là, qu'il va mettre, au gré de ses goûts inconstans,
Son habit & son ame à la couleur du temps ;
Sur ses devoirs du jour consulter l'étiquette.
Là, sous chaque pilier, magasin de coquette,
Joyaux, livrets, poisons, & blasphêmes galans,
Et crimes *à prix fait* invitent les chalans.
Sophiste, Petit-maître, y disserte, y folâtre.
Audacieux athée, ou grossier idolâtre,
Devant ses Dieux impurs détrônant l'Eternel,
Un Monde libertin, y dresse leur autel.
Et parmi ce cahos des idoles obscènes
Que recueille en ses murs cette nouvelle Athènes, *
Le Dieu de vérité, le Dieu de la Vertu,
Est le seul ignoré, blasphémé, combattu.
Que dis-je ? en tous les coins, de sophismes armées,
On voit s'y trémousser des légions pygmées,
Contre l'astre brillant, qu'il fait luire à leurs yeux,
Lançant de la poussière, & des cris furieux.

---

* On sçait qu'au milieu des cultes superstitieux dont elle
étoit remplie, S. Paul y découvrit un autel *au Dieu inconnu* :
et c'est de là qu'il part pour leur annoncer ce Dieu le seul
adorable, & le seul ignoré, même de leurs Philosophes.
Il nous faudroit un nouveau Paul, pour le ressusciter parmi
nous, ce Dieu parfaitement aboli de la mémoire des hommes ;
& non moins de courage dans l'apôtre qui oseroit entre-
prendre cette conversion plus difficile.

Que d'encens on y brûle à Vénus, à Mammône!*
Deux à deux mandiant une impudique aumône,
Vois ces pâles objets, rebuts des carrefours,
Aux dévots de Cythère étaler leurs amours!
Mais quand, à chaque pas, ces colombes errantes
Roucoulent aux passans leurs douceurs dégoutantes,
A cet air, il n'est pas jusqu'au vil débauché,
Que leur maintien choquant n'écarte effarouché.
Et ce morceau de pain que leur opprobre achete,
Que de votre pitié la main pure & discrete
L'offre sans crime: non. C'est de honte pétri
Qu'il le faut désormais à leur palais flétri.
D'ailleurs tout recommande, en cette auguste en-
        ceinte,
Tout prêche le plaisir: des loix c'est la plus sainte.

    Au reste, à contempler les dehors imposans,
La majesté, l'éclat de ces lieux séduisans,
Il semble, transplantés en ce brillant espace,
Voir, avec tous leurs dieux, l'Olimpe & le Parnasse.
Mais dégradé, mesquin, par le vice enlaidi,
Et les Dieux, & les arts, tout est abatardi.
Dans leurs obscènes jeux, tous y servent sans honte,
(O spectacle choquant!) Les enfans d'Amathonte,

    La régente, où plaisante Apollon travesti,
Qui tantôt plat bouffon, où Socrate apprenti,
Joint au grelot badin la morgue doctorale;
Tantôt soupire une ode à quelque Iris bannale,
Émule de Priape, en sons orduriers; **

---

* Déesse des richesses.

** Pardonnez ces termes, lecteur, à ma brusque fran-
chise. *Je suis rustique & franc; & j'ai l'âme grossière.* Je

Tantôt rime en vers durs des difcours meurtriers,
Aiguillone aux forfaits un peuple énergumène,
Contre les fouverains fait hurler Melpomène;
Et tantôt s'affublant d'un cafque d'efprit-fort,
Seconde des Titans le ridicule effort.

MARS y figure auffi : * mais fous des airs grotefques,
C'eſt un nain refpirant des fureurs gigantefques.
Sous fes drapeaux rangé maint Hercule bourgeois,
Lui jure d'enchaîner à lui feul tous les Rois.
Contre gens en rabats déployer fon courage,
Garotter, étrangler, déchirer, faire rage,
Voilà pour quels exploits il forme fes héros.

QUE Mercure furtout **, & fes galans fuppôts,
A mille jeux fubtils y font briller d'adreſſe !
Par des charmes puiſſans leur bourfe enchantereſſe
De cent pas à la ronde attire & pompe l'or.
Leur main agile & fouple eſt le fécond tréfor,
Avec lequel bravant l'indigence importune,
D'un feul coup de filet ils happent la fortune.

---

ne fçais point comment on allie ce purisme de langage,
avec tant d'impudence de principes & de mœurs ; & n'ai
point l'art de voiler fous les plus jolis mots les plus fales
images.

J'appelle un chat un chat , & {F...et C...et} *des frippons.*

* Les militaires furtout ont de tout temps fréquenté le
Palais Royal. Mais on fçait bien que ceux d'aujourd'hui
n'ont pas plus l'élégance de ceux d'autrefois , que leur
valeur.

** Dieu des filous , des menteurs , des beaux difeurs,
des nouvelliſtes &c, &c. A tous ces titres , on ne peut
nier qu'il n'ait en ce lieu un département très-étendu.

MAIS du dieu brocanter le plus riche trafic,
Est l'art de débiter le menſonge au Public.
Dans ſa bouche éloquente il prophétiſe, il tonne,
Argumente, badine, émeut, terraſſe, étonne.
En plumes, en pompons, doré, peint, imprimé,
En journaux, en placards, crié, chanté, rimé,
Sous mille aſpects divers il ſçait le reproduire,
Et de tous les vernis l'émailler & l'enduire.
C'eſt par tous ces talens & menſonges diſerts,
Que le Dieu verſatile abuſant l'univers,
Nous a conduits enfin aux noires cataſtrophes,
Qui ſeuls y font régner ſes eſcrocs philoſophes.

MAIS c'eſt dans ees tripots * qu'il diſpute à Bacchus,
Qu'au ſortir des banquets où maint goujat Comus, **
Régale à douze ſols leur troupe famélique,
Il faut les voir humant le feu mélancolique
Que leur verſe à flots noirs une docte liqueur !
Dès qu'elle a de leur bile exalté la vapeur,
Comme chaque cerveau bouillone, & dans ſa verve
Enfante avec tranſport ſa brûlante Minerve !
Quel vacarme !... Écoutez ce grouppe audacieux :
Plus de loix, plus de frein, plus de foudres aux Cieux.
Ici, leur rage impie en blaſphêmes écume ;
Ailleurs, ſur la vertu coule en flots d'amertume.

---

* Les caffés où les oiſifs partagent leur temps entre les
gazettes, les nouvelles politiques ou littéraires, les jeux,
& autres amuſemens du reſſort de Mercure, & les liqueurs
appartenantes à Bacchus.

** Traiteur de ruelles : on ſçait que ce nom eſt celui
du Dieu des festins, qui, comme de raiſon, devoit être le
Cuisinier en chef de la troupe immortelle.

La ſtupide ſottiſe , & l'aveugle fureur
Provoquent à la fois & le rire , & l'horreur.

Où conduit ce détour , & cet eſcalier ſombre ?
Où court ce forcené ?... Monte avec lui : ton Ombre,
Inviſible en ces lieux , doit ſeule y pénétrer :
Je te laiſſe : quel ſage oſeroit s'y montrer ?
Mais de pareils excès appellent ton génie :
Sans toi , qui pourſuivroit leur audace impunie ?
Sauve le genre-humain , & la poſtérité,
Des exemples affreux d'un peuple trop vanté.

A vingt tables rangés des cercles frénétiques,
Entourés de cornets , dés , & cartons magiques,
Prunelle en feu , teint pâle , & ſur leurs fronts ridés
Couvant les noirs ſoucis dont ils ſont obſédés,
L'âme & l'œil attachés ſur la miſe commune,
Dévorent en eſpoir une immenſe fortune.
Argent , bijoux , contracts , aſſignats en morceaux,
Paſſent , à chaque ronde , à des maîtres nouveaux.

Ah ! quand jadis , à Rome indigne d'être libre,
Tu peignois ces fureurs , * alors au moins le Tibre,

---

* Juvénal ſe plaint amèrement , dès le début de ſa Iere.
Satyre , & dans plusieurs autres endroits , des excès du jeu.
                              . . . . Alea quando
    Hos animos ? neque enim loculis comitantibus itur
    Ad casum tabulae , positâ sed luditur arcâ.
    Prælia quanta illic dispensatore videbis
    Armigero ! simplexne furor sestertia centum
    Perdere , & horrenti tunicam non reddere servo ?
    Ce dernier vers ſurtout eſt ſublime , par le ſentiment
qu'il renferme , quoique ſimple & ſi naturel ; car ce trait
malheureuſement commun , eſt de tous les temps , & ne
convient que trop au nôtre comme au ſien.

Enflé

Enflé de longs succès, y rouloit des flots d'or;
Les dépouilles du monde y circuloient encor.
Nous, riches en papier, sans pain, sans espérance,
Sur les bords de l'abîme où s'engloutit la France;
Quand, chez un peuple entier près d'expirer de faim,
Le pauvre à chaque pas nous tend le bras en vain;
Quand ces dépôts sacrés, son patrimoine antique,
Les domaines des Rois, la fortune publique;
Quand jusqu'à ces tributs d'un luxe fastueux,
Jusques à ces bienfaits du riche vertueux,
Tout est dévoré,.... nous, de nos débris funestes
Nous nous hâtons au vent d'éparpiller les restes!
Et tel, aux yeux jaloux d'une foule en haillons,
Aujourd'hui sur un dé risque des millions,
Qui sur un point hier fondant sa maigre soupe,
Membre déguenillé de la piteuse troupe,
N'est sorti rayonnant du bataillon crotté,
Que par un coup du sort, & sa dextérité.

Quel spectacle en ces lieux à tous momens étale
La bruyante cohue, & son ardeur brutale!
Quel sang froid soutiendroit ce contraste odieux
De blasphêmes, de cris, de combats furieux;
A travers les éclats de la barbare joie
Des vainqueurs acharnés à dévorer leur proie?
Toujours d'une moitié les désastres affreux
Font de l'autre moitié triompher les heureux.

Mais surtout, au sortir de ces antres féroces,
Si tu pouvois, livrés à leurs fureurs atroces,
Les suivre....Oh! quels tableaux t'offriroient dans Paris
Les vols, meurtres, poisons!... Ces indignes maris,
D'une famille en pleurs à leur rage immolée
Poursuivant, déchirant la mere échevelée;

B

Un fou contre fon front tournant le piftolet;
Un maître en cents lambeaux haché par fon valet; *
Et peut-être, pour prix d'avis tendres & fages,
Un fils, au fein d'un pere !... écartons ces images :
Affez d'autres feront hériffer nos cheveux.
Français, que laiffez-vous à faire à vos neveux ?

JUGE à préfent, compare au régne des Auguftes
Nos vigoureufes mœurs, & nos forfaits robuftes ;
Et de là, Jüvenal, ofe eftimer combien
Notre fiécle énergique a furpaffé le tien.

MAIS peut-être crois-tu qu'il n'eft plus rien à peindre,
Que plus haut déformais on ne fauroit atteindre ;
Et que du crime enfin c'eft le *non plus ultrà* ?
Oh ! combien nos talens vont encore au-de-là !
Je ne t'ai jufqu'ici, de ce Palais funefte,
Montré que les déhors : quelle tâche nous refte !
Quelle fcène au dedans bientôt va te frapper !
Soutiens-moi : les crayons font prêts de m'échapper....
Tu n'as vu que les jeux dont ce peuple s'amufe :
Avançons.... A ta voix, que ces voûtes, ô Mufe
Tombent devant nos pas.... Viens, les flambeaux
            en mains,
Perçons l'obfcurité de ces noirs fouterrains,
Où le crime, armé d'or, de tîtres, de puiffance,
Travailla fourdement les malheurs de la France.
Pénétrons jufqu'au fein des Confeils ténébreux
Où furent manœuvrés tant de complots affreux.
Éclairons ces réduits, infâmes fanctuaires,
Témoins de tant d'impurs & barbares myftères ;

---

* Ce trait horrible & récent dont tous les journaux ont
retenti, est la plus terrible censure que l'on puiffe faire & de
la fureur du jeu, & plus encore de ceux qui l'autorisent.

Où, d'excès monſtrueux dans Sodôme inconnus,
Tous les jours les tableaux les plus neufs, les plus nuds,
Font frémir la Nature..... Et le Ciel voit & ſouffre !
Et la Terre applaudit !.... Mais quels torrens de ſouffre,
Quels bains de ſel brûlant * pourroient laver jamais
L'abominable ſol qu'infeᵭent ces Palais ?
Eh ! bien, c'eſt dans nos vers, ô Nature outragée,
Quand l'Univers se tait, que tu ſeras vengée.
Que par toi, Juvenal, le foudre ſoit lancé :
Entrons..... Ciel ! qu'ai-je vu ? tout mon ſang eſt glacé.....
A travers tous ſes traits percent les Euménides :
Leur fureur étincelle en ſes yeux parricides :
Quel eſt ce Monſtre ?.. ** ſeul, de tant d'affreux portraits
Il réunit en lui les effroyables traits.
De ce temple abhorré, c'eſt le digne grand-Prêtre ;
Vil courtiſan du Peuple, aſſaſſin de ſon Maître ;
Qui de ſes Dieux brutaux engraiſſe les autels
De l'or de la Patrie, & du ſang des mortels ;
Jaloux de propager leur culte abominable.
Monſtre *** tortueux, ſombre, informe, indéchif-
    frable ;

---

* Telle fut la pluie terrible, qui nettoya la place où
furent jadis Sodôme & Gomorrhe.

** Il est peu de personnes qui puſſent envisager en
face & sans effroi, ou plutôt sans un violent ſoulévement
de cœur, le Bourgeonné, que quelques-uns appellent Philippe
le *Rouge*, d'autres le *Noir* ; d'autres voudroient un terme
mitoyen, qui déſignât la couleur de la boue délayée dans
du sang.

*** *Monstrum horrendum, informe, ingens, cui lumen*
    ademptum.   (Virg.)
    . . . . . *Monstrum nullâ virtute redemptum.*
    A vitiis aeger, solaque libidine fortis.
                    (Juven. S. 4.)
                                B 2

De cet antre brillant Polyphême odieux ;
Qui voudroit, offenſé de la clarté des Cieux,
Au très-Haut, s'il pouvoit, arracher le tonnerre,
Et juſque dans ſon ſein iroit porter la guerre. *
Il ſoulève à ſon gré lui ſeul cent mille bras.
Inviſible moteur de tous les ſcélérats,
A ſa voix enfantés, un charme ſympathique
Raſſemble autour de lui cette race héroïque :
Tous les égoûts du monde en verſent à grands flots ;
Et lui ſeul eſt partout l'ame de leurs complots.
C'eſt lui, dans ce moment, dont les fougues terribles
Font gémir l'univers des ſecouſſes horribles,
Sous qui s'abyme enfin cet Empire diſſous,
Et dont tous ont au loin ſenti les contrecoups.
Eſpérant l'envahir, il veut changer le Monde,
Pour n'y plus retrouver que cette eſpèce immonde
D'êtres, qu'à juſte titre il nomme ſes *égaux*,
Et ſeul enfin régner ſur ces nobles troupeaux.
Non, mon Roi, non jamais ce beau nom, qu'il abjure,
Ne fut vraiment le ſien ** : jamais la ſource pure

---

* Ce n'eſt qu'ainſi que ſes pareils aiment à la faire : car
on ſçait comment il a d'ailleurs ſur mer & ſur terre ſi-
gnalé ſon courage.

** Quelqu'il puiſſe être , il eſt trop fameux , pour
qu'il ſoit néceſſaire de l'articuler : & certes , s'il pouvoit
être encore inconnu , ce ne ſeroit pas moi qui le viendrois
tirer de ſa trop heureuſe obſcurité. Cette peinture échappe
à mon indignation : mais j'aurois ſçu la contenir , s'il avoit
ſeulement encore quelqu'ombre de réputation , même dans
ſon parti ; & par les principes de cette Religion ſi per-
ſécutée par ſes humains adhérens , je me ſerois fait un
devoir de reſpecter les miſérables reſtes de l'honneur d'un

Qu'ont tranfmife en ton cœur tes augustes Ayeux,
Ne coula dans le fein de ce monftre odieux.
Ah ! c'eft une hideufe & barbare Furie,
Qui par quelque forfait de nature inouie
Le conçut..... Tout gonflé de fon fiel, de fon fang,
La farouche Erynnis le vomit de fon flanc.
Se peut-il, cher Titus, que ton peuple frivole
Ait un moment offert à cette infâme Idole
L'encens qu'il refufoit aux vertus de fon Roi ?
Ah ! je t'en dois juftice, au défaut de la loi.
Mettons fur l'echaffaud fon horrible effigie :
Et que d'un vers tranchant l'intrépide énergie,
Du glaive de l'opprobre, aux yeux de l'univers,
Sur fon char de triomphe immole ce pervers.

Dans le nombre effrayant de fes hardis miniftres,
Philofophes vendus à fes ordres finiftres,
Mendians, affaffins, charlatans forcenés,
Libertins, par leurs goûts & fon or entraînés,
Mufe, il faut distinguer, & bien à jufte titre,
Ce Prêcheur *, affublé de cocarde & de mître,
Dont la bile exaltée, & le bouillant cerveau
Fermente horriblement fous cet honneur nouveau.
Apoftat factieux, fous l'habit d'un Pontife
D'un Tigre impitoyable enveloppant la griffe.

---

homme, dont le libertinage & l'ambition n'ont jamais
respecté rien.

* Le ci-devant oracle du *cercle social* & de la *bouche
de fer*, le proclamateur des loix agraires, le digne apôtre
de la Religion universelle ; aujourd'hui le perfécuteur de la
catholique, & l'inquisiteur en titre de l'athéisme.

Fougueux enthousiaste, égoïste rusé,
Flattant les passions d'un vulgaire abusé.
Jadis plus retenu dans ses brusques saillies,
Il sçavoit accorder ses doctes homélies
'A la foi, comme au goût des galans auditeurs ;
Il n'eut point de Sorbonne affronté les docteurs ;
Et sans prétendre encore à changer l'Evangile,
Dans son ambition plus sage & plus habile,
Des grandeurs du très-Haut, peintre alors admiré,
Vers les honneurs mondains s'en faisoit un degré.
Il sembloit quelquefois s'élever aux grands Maitres :
Et l'on eût pardonné ses sottises * champêtres,
Ses grands mots bien obscurs, durement fabriqués,
Son fatras bien ronflant de riens alambiqués,
Si plus humble héritier de ces Pêcheurs ** sublimes,
Il n'eût, en beau jargon, prêché que leurs maximes.
Qui le croiroit, grand Dieu ! cette éloquente voix,
Qui porta si souvent tes oracles aux Rois,
D'une bouche de fer, enhardie au parjure,
Vomissant le blasphême, & la rage & l'injure,
Insulte aux malheureux, rompt les nœuds des sermens,
Ne prêche que le meurtre, & les embrasemens,
Déchire sans pitié trente mille victimes !....
Chaque ostacle l'irrite, & de crimes en crimes,
Il va, de Lucifer Ange exterminateur,
Fauchant, ravageant tout dans le champ du Seigneur.
Eh ! quoi ? Mathan, d'un prêtre est-ce là le langage ?
D'un humain philosophe est-ce le digne ouvrage ?

---

* Les galantes Idyles que M. l'abbé F.. a débitées du
haut de la Chaire évangélique aux Bergéres de Surenne.
** Les Apôtres qui prêchoient ce qu'ils avoient appris de J. C.
Non oratorio more, sed piscatorio.

On connoît ce Vauxhal * , colifichet mignon ;
Qui des *Cirques* de Rome a tout au moins le nom ;
Où du fot bel efprit, & des combats lubriques,
Et de l'Impiété les Athlétes cyniques,
Sur Dieu, fur la raifon, ou le fexe galant
Viennent fe difputer un triomphe infolent.
Là notre Abbé naguère a, d'une voix bouffie,
Ouvert le grand Burreau de la Philofophie.
C'eft là, pour lui fonder un empire éternel,
Qu'autour d'un point *central*, ** en *cercle* folemnel,
Il en a raffemblé tous les heureux adeptes.
Là Rédacteur en chef de fes divins préceptes,
Il remplit de fon feu les Apôtres diferts
Qui vont à l'Ante-Chrift convertir l'univers.
De ce foyer brûlant quels torrens de lumière
Partent, pour embrafer l'un & l'autre hémifphère !
Ô mon Maître, *** il me faut tes plus nobles couleurs,
Pour peindre dignement ce Sénat de penfeurs.
A l'afpect impofant de ces auguftes têtes
Sur le globe d'un figne envoyant les tempêtes,
De quelle fainte horreur tu ferois pénétré !....

---

* Je puis le dénommer ainfi, par rapport à ce qui s'y
voit, s'y dit, s'y fait, & l'efpèce de public qui le fré-
quente : c'eft ce que, dans le Palais-Royal, on appelle
le Cirque.

** Ce font les termes du fçavant Abbé, dans fon difcours d'inpacceffible fublimité prononcé à l'ouverture du
Cercle social.

*** Juvenal, mon cher *veni mecum*, dont la compagnie
me foutient, me confole, & m'infpire, dans cette terrible tournée.

Imagine un ramas de maint Cuiſtre lettré,
Entre-lardant, parmi des troupeaux de Caillettes,
Des phraſes de Jean-Jacque aux propos de toilettes.
Le matin, en chenille, un imberbe Caton, *
Né pour changer ſon Siècle, & nous rendre Platon,
Une badine en main, en ſtile académique,
Expoſe gravement ſon plan de République.

QUEL eſt cet autre Sage, à l'air fin & diſcret?
Lucréce eſt moins connu, vraiment! c'eſt Condorcet :
En ce lieu d'àthéiſme il tient école ouverte.
Près de lui ſur les mœurs un Cynique diſſerte :
Diroît-on pas qu'il a, dans ſon joli pathos,
Broyé parmi ſes fleurs les fanges de Paphos? **
Monſieur blâme du Chriſt les ſauvages maximes;
En loix de la nature il érige les crimes.

GROS de patriotiſme, un ſublime Valet
De la Philoſophie éloquent perroquet,
Digérant leurs leçons de Taverne en Taverne,
Va répandre, à deux ſols, la ſageſſe moderne.

ET puis-je te compter tous ces Avanturiers,
En Socrates du jour frippons tartuffiés,
Qui ne reſpirant plus que déſordre et rapine,
A leurs nobles projets ajuſtent leur doctrine?

---

* Repréſentez-vous, par exemple, un petit protégé de la
Harpe ou Champfort, s'eſſayant en ce lieu, pour ſe monter
à la hauteur d'un prix académique promis à l'éloge de
Voltaire, ou J. J.

** Ou *les boues de Paris*, Lecteur, c'est la même choſe :
mais ces noms grecs, vous le ſçavez, ſont toujours plus
beaux & plus ſonores.

Vois ce hurleur féroce, entouré de brigands,
Qui renflant une voix pareille aux ouragans,
Docteur enguenillé, Cicéron de ruelles,
Enyvre ce vil Peuple, et ces hordes cruelles
De la coupe d'Atrée, et d'images de fang !
Bientôt il eſt prié de monter fur un banc,
Pour mieux diſtribuer à la foule en extaſe
Des crimes qu'il vomit l'impétueuſe emphase.

Du tourbillon ce goufre * eſt le centre orageux,
Où fe font réunis ces atômes fangeux,
Monſtres qui tout à coup nés des plus vils inſectes,
Nourris dans les bourbiers d'abominables Sectes,
Vont, infectant les airs d'innombrables eſſaims,
De climats en climats dévorer les humains.
Là couvé ce Volcan, dont la bouche enflammée
Tonne depuis trois ans fur l'Europe allarmée.
Sans ceſſe en fes fourneaux de falpêtre écumans,
S'agite un noir amas de Cyclopes fumans,
Qui, foigneux d'irriter les feux démagogiques,
Fatiguent nuit et jour leur poumons athlétiques.
Cet Antre empeſté, plein d'élémens deſtructeurs,
Par un flux et reflux d'homicides vapeurs,
Attire et revomit fans ceſſe tous les crimes;
Qui de là rugiſſans, affamés de victimes,
S'élancent . . . . devant eux briſent tous les remparts;
Font pâlir la lumière : et par torrens épars,
Inondent cette enceinte, et Paris, et le Globe.
A leur acharnement aucun art ne dérobe.
Ils forment l'athmoſphère où nous errons plongés :
C'eſt le noir Océan, où perdus, naufragés,

---

* Le Cirque.

Nous roulons dans la nuit, sans Astres, sans rivage.
Dans ce Jardin partout l'œil en reçoit l'image ;
Notre oreille partout frémit à leurs accens;
L'odeur du crime y frappe, y remplit tous les sens:
C'est, en ces lieux infects, l'air brûlant qu'on respire :
Il y porte aux cerveaux un horrible délire . . . .
Fuyez, chastes vertus, fuyez cet antre impur :
L'Enfer seroit pour vous un azyle plus sûr.
Dans tous les yeux s'y peint la rage & l'impudence:
Sans cesse un cri barbare y proscrit l'innocence :
Tous les bras dans son sang brûlent de s'y baigner :
Sur tous les fronts j'y vois l'impiété régner :
Tous animés d'un feu lubrique & sanguinaire,
Respirent à la fois le meurtre & l'adultere.
C'est à vous, êtres vils, excrémens de ce lieu,
C'est à toi, Siécle impie, ennemi de ton Dieu,
Qu'il étoit réservé d'inventer un supplice,
Qui marquât la vertu des stygmates du vice; *
Un genre de tourment, qui passe en cruauté
Tout ce que les Nérons ont jamais inventé;
Ce secret d'imprimer aux Anges du Ciel même
La honte de forfaits, que l'impudence extrême
Cache au moins dans la nuit.... & c'est aux yeux du jour,
Infâmes.... ah ! quittons cet horrible séjour :
Secouons de nos pieds la poudre sacrilége....
A demain, JUVENAL, je t'attends au Manége.

---

* C'est de-là que sont sortis, ou que du moins ont été
dirigés ces Flagellans, qui ont exercé dans les Couvents, aux
portes des Temples, jusques dans les sanctuaires, tant d'infâmes atrocités sur les Vierges du Seigneur.

IIIᵉ. SATYRE.

LE MANÉGE.

. . . . *Nam quis iniquæ*
Tam patiens legis, tam ferreus, ut teneat se ?

L E Manége !.... à ce mot ma colère s'allume.
Ciel, n'as-tu plus de Dieu ? quoi ! des flots de bitume,
Sous ces noirs fondemens par le crime allumés,
N'ont point enfeveli ces palais confumés ?
L'Enfer y régne en paix : il y rend fes oracles :
L'Athéifme infolent, qui railloit tes miracles,
Par les fiens à fon tour étonne l'univers.....
Jufte Ciel, tu m'entends : tremblez, hommes pervers :
Aux cris de ma douleur la Vérité fenfible
Descend.... j'irai, fuivi de fon flambeau terrible,
J'irai dans votre Temple, oppreffeurs abhorrés,
A travers les terreurs dont vous vous entourez,
La porter fous vos yeux, l'enfoncer dans vos ames.
Je veux du noir tableau de vos complots infâmes
Y réfléchir les traits par cents miroirs brûlans.
Partout j'irai placer fur vos trônes fanglans
Les fpectres éplorés de la Vertu * fouffrante,
De la Religion fous vos coups expirante ;
Et mes vers en feront, lamentables échos,
Dans vos cœurs de rocher retentir les fanglots.

* *Virtutem videant, intabescantque relictâ.*
(Pers. Sat. 3.)

Et vous * épars déjà pour dévaster la terre,
Monstres, dont la fortune accuse le tonnerre,
Qui riant de nos maux, chargés de nos tréfors,
Courant de vos poisons infecter d'autres bords;
Ne laiffez, en fuyant, à vos dupes crédules,
Que du papier, des mots, & de vaines formules,
J'irai par-tout, armé de vos propres forfaits,
En raffembler fur vous les horribles effets;
Et par-tout, fur vos pas, furie impitoyable,
Vous reporter aux yeux votre masque effroyable.

Allons, Ombre févere, exécuter l'arrêt :
En nos mains, Juvenal, repose l'intérêt
Du Ciel, de la Vertu, de la France, & du Monde.
Sur toi feul, contre eux tous, mon audace fe fonde:
Ma Mufe, avec toi feul, peut venger l'Univers.

Entends ces hurlemens, dont mugiffent les airs : **
Cet effrayant fignal t'indique la caverne
Où fiégent nos Tyrans..... L'efprit qui les gouverne
Perce à travers les murs; & fa rage au dehors,
Dans tous ces forcenés éclate en noirs tranfports.
Sur cette immenfe Ville, & la France, & l'Europe,
Sur le Globe, agité l'effet s'en développe.

Vois d'auditeurs gagés *** courir ces flots bruyans,
Qui vont, des nouveaux Rois protecteurs mendians,
Leur prêter de leurs cris le fecours mercénaire;

---

* Les anciens Conftituans, aujourd'hui difperfés.

** Le bruit continuel, & les cris tumultueux de la
terraffe des Feuillans.

** Les habitués des tribunes.

Sans l'entendre, admirer leur phœbus populaire ;
Du crime encourager les projets insolens ;
Étouffer les soupirs des gens de bien tremblans ;
Subjuguer par l'effroi la vertu foudroyée.
Suivons de ces brigands la horde soudoyée :
Ils vont nous introduire au Sénat orageux ,
Qui par eux nous soumet aux loix qu'il reçut d'eux.

ENFIN sous tes regards se déploie une scène,
Telle, que tout l'effort de la malice humaine
N'en présenta jamais au Monde épouvanté.
Oui, tout ce que la Terre a jamais enfanté
De fléaux destructeurs , de scélérats illustres ,
Rassemblé , recueilli depuis douze cents lustres ,
Ne pourroit á nos yeux rien offrir de pareil :
Le spectacle est vraiment tout neuf sous le soleil.
Parcours , & , si tu peux , contemple sans colère
Ce grouppe de Nérons sur leur trône éphémère !
Lis dans ces yeux hagards, sur ces fronts ténébreux ,
Les noirs pensers conçus dans leurs esprits fougueux.
Comme, dans la plupart, les traits d'une Gorgone
Peignent sur leur figure un cœur de Tisiphone !
Et voilà votre choix, ô peuples aveuglés !
Voilà donc ceux par qui nos destins sont réglés !
Et, d'incrédulité quand chacun se fait gloire,
Tels sont les Dieux sauveurs, à qui seul on veut croire !
Tout serment fait au Ciel peut sans crime être enfreint :
Celui qu'on leur fait, seul est redoutable & saint.
Sur leur parole auguste, avec pleine assurance,
Avant qu'ils n'ayent parlé, chacun jure d'avance.

MAIS enfin, disas-tu, pour réunir les voix,
Quelques titres sur eux ont dû fixer le choix,

Ils avoient des tréfors, de grands noms, du mérite,
Sans doute ; & des Français c'étoit au moins l'élite ?
Eux ! d'un monde pervers le plus vil excrément,
Exécrable produit de cet impur ferment,
Que la Philofophie a femé fur la Terre ;
Vermine, qui renaît des cendres de Voltaire ?
Ignorés, faits pour l'être, & d'opprobre couverts,
L'horreur des gens de bien, l'inftrument des pervers,
Ce n'eft, que foulevés par leur puiffante ligue,
Qu'ils montèrent au trône, où les porta l'intrigue.

De grandeurs, il eft vrai, quelques uns revétus
Joignoient l'or aux talens, la nobleffe aux vertus :
Mais la plupart brilloient, au nouveau Capitole,
Hériffés, pour tout bien, du fçavoir de Barthole.
Avant ce temps heureux, leur talent & leur gain,
Étoit l'art de fucer la Veuve & l'Orphelin ;
De les envelopper des nœuds de la chicane ;
De hurler des horreurs dans fon antre profane.
Des fruits de la baffeffe, & de l'iniquité,
Ils vivoient, à l'abri de leur obfcurité,
Philofophiquement, aux frais de l'innocence.
Sur un plus grand théâtre enfin leur éloquence
Eft venu fiérement, excitant nos tranfports,
Déployer fa richeffe, & vuider nos tréfors.
A peine fuffit-il de tout l'or de l'Empire,
De tout le fang d'un peuple à leur foif de Vampire.
Tous les jours ce nectar, aux banquets de ces Dieux,
Coule à travers des flots de vins délicieux.
Et dans leur longue orgie en dévorant la France,
Aux peuples aflamés ils prêchent l'abondance.
A travers fes pareils, cheminans à pied nu,
En habit, en char d'or, un Faquin parvenu,

Qu'en haillons dans ſes murs vit arriver Lutéce, *
Roule à nos yeux le prix de la ſcélérateſſe.

    MAIS vois ces forcenés (où ſommes-nous, grand
      Dieu ?)
De crapule & de rage écumans, l'œil en feu,
De leurs noires vapeurs par le vin allumées
En décrets furibonds exhalans les fumées,
Tous enſemble hurler, tempêter, blaſphêmer !....
Dieu ! ces voûtes ſur nous vont-elles s'abymer ?
Quel fracas !... ſous nos pieds je ſens trembler la terre :
Dans les Cieux, mais en vain, a grondé le tonnerre :
De plaiſir, à ce bruit, les antres infernaux
Ont mugi..... Sous leurs coups s'écroulent en monceaux
Croix, mitres, écuſſons, & couronnes briſées,
Et Temples, & Palais, & Villes embraſées,
Le commerce, les arts, les Empires détruits.....
Vois, pour les partager, ſur ces pompeux débris
Tomber avec fureur tous ces Titans féroces !
Ciel ! comme en un clin d'œil ces ſuperbes coloſſes
Vont s'abymer aux pieds de ces burreaux ſanglans, **
Autels de l'anarchie, où, ſous ſes traits brûlans,
Une plume, inſtrument plus actif que la foudre,
Une plume tranchante a tout vu ſe diſſoudre,
Loix, monumens, hiſtoire, & ſiécles effacés,
Juſqu'aux principes même au fond des cœurs tracés.

_____

* Ancien nom de Paris.

** Les burreaux des ſecrétaires de l'aſſemblée, au milieu
de la ſalle. C'est là, comme on ſait, que ſont conſignés,
ſcellés & recueillis les loix, & décrets destructeurs qui
ravagent la France.

MAIS peut-être, au milieu de la horde en furie,
Tu voudrois diftinguer ceux dont le fier génie.
De ces grands mouvemens gouverne les reſſorts,
Et d'un feu créateur anime ces grands corps ?
Eh ! bien, léve les yeux vers cette Pierre informe : *
Sur ce front de Taureau hideux, hagard, énorme,
Peux-tu d'un buſte humain démêler quelque trait ?
Ce Monſtre mal taillé fut le vivant extrait
De tout ce que l'enfer a de plus exécrable.
Monument d'un exploit à jamais mémorable,
Cette Pierre eſt l'honneur du *Pandæmonium*,
Du moderne Ilion ** le vrai *Palladium* ;
Mais c'eſt pour la vertu la tête de Méduſe :
A ce funeſte aſpect étonnée & confuſe,
Elle reſte enchainée.... & ſa mourante voix
Au crime audacieux abandonne ſes droits.
Sous ces voûtes reſpire encor toute ſon ame :
Et de ce bloc magique il ſort des traits de flamme,
Qui dans tous les cerveaux, en miaſmes errans,
Portent de ſon venin les germes dévorans.

AUSSITÔT qu'il parut, l'étrange Phénomene
Annonça le fléau de la nature humaine :

---

* Pierre tirée des décombres de la Baſtille, ſur laquelle
eſt repréſentée l'effigie patibulaire du grand Mirabeau, &
qui dans cet état, a été incruſtée dans la baluſtrade des
Tribunes, d'où elle regarde l'Aſſemblée qu'elle influence,
comme on l'imagine, très-puiſſamment.

** Je ſouhaite que l'on n'ait jamais lieu de reconnoître la
juſteſſe de cette dénomination; & que jamais ces murs orgueilleux où ſont renfermés Helene Targinette, & ſes nombreux Amans, ne faſſent dire à quelque Virgile,: *fuit Ilium.*

Le

Le jour pâlit : d'effroi la terre s'en émut.....

Formé pour déchirer le fein qui le conçut,

Ce Tigre avec le lait fuça l'ingratitude,

Et le crime, en naiffant, fit fa premiere étude :

Et fes talens, fes jours, fon être, fon reffort,

Ne furent déployés qu'à cet illuftre effort :

De cet élément feul fon ame fut pétrie.

Traitre à fon Dieu, fon Roi, fon Pere *, fa Patrie,

C'eft par fouler aux pieds les auteurs de fes jours,

Que de leur noble trame il commença le cours.

Et, de là, s'élançant dans fa course infinie,

D'un effor de géant l'impétueux génie,

Sur le trône abbattu du *Pere des Français*,

Jufqu'aux Cieux affiégés crut s'ouvrir un accès.

Puis, pour nous affranchir du joug facré de Rome,

Aux Turcs, Juifs, ou Payens rendre les droits de

    l'homme,

Attenta même à ceux du *Pere des humains*,

Et jufqu'à l'Arche fainte ofa porter les mains.

  Il couvoit la noirceur fous un fourcil farouche :

La tendre *humanité* diftilloit de fa bouche ;

Et lorfqu'elle fembloit ne verfer que le miel,

La noire Hypocrifie en exprimoit fon fiel.

De la Philofophie infolent pédagogue,

A l'inftinct le plus bas, la fierté la plus rogue.....

S'uniffoit pour former ce plat original,

---

* Dès sa premiere jeuneffe *Mirabeau* fignala fon apprentiffage philofophique ; il fit procès à fon Pere, à fa Mere ; trahit fes amis, calomnia fes Maitres, déshonora la couche de fon bienfaiteur ; vola, délaiffa, fit mourir de chagrin celle qu'il avoit ravie, &c, &c.

                        C

De qui la lâcheté n'eut jamais rien d'égal,
Hormis son impudence & sa forfanterie.
Lorsque l'énerguméne exhalant sa furie
De sa voix de Stentor faisoit trembler les murs,
Le vaste meuglement de ses grands mots obscurs,
Ses gestes forcenés, & son grossier prestige
Passoient pour éloquence : on crioit au prodige.
Par amour pur *du bien* *, au profit du Public,
Il faisoit de son âme un honnête trafic,
Vendoit au plus offrant sa plume, son sublime,
Et sa science occulte, & son art pour le crime.
C'est ainsi qu'il monta, pour comble de succès,
Au faite des honneurs, à force de forfaits ;
Et que son fol orgueil, échappé des potences,
A travers les siflets, les prisons, les sentences,
Tomba de crime en crime à ce trône insolent,
D'où sa bouche emphatique à l'Univers tremblant
Dictoit pompeusement de fastueuses loix,
Et parloit en oracle à la foule des Rois.

Que dis-je ? avec orgueil de son cadavre obscéne

---

* Il en eut fallut beaucoup pour suffire à ses extra-
vagances. Il eût, en un jour, dévoré les trésors du Mogol.
Malgré le produit immense de ses crimes, il a toujours
été, &, dit-on, est mort gueux : il n'a vécu que de *tours*
ou *coups* de bâton. Dèsqu'il avoit escroqué à ses Libraires,
ou *ses* complices, quelque poignée de Louis, elle fondoit
entre ses mains. Il reçoit un matin, pour un manuscrit
brûlé par le Bourreau, trente Louis : part avec la bourse,
roule dans Paris ; & paye le soir le fiacre, qui le raméne
à Vincennes, d'un fort beau couteau, le seul bien qui lui
restât sur lui, avec l'habit qu'il portoit.

Au haut de nos Autels * la cendre fouveraine
Régne encor.... & qui fçait par quels charmes puiffans
Des Peuples hébétés elle attire l'encens ?
La célefte Vertu de fon Temple exilée,
De ce Héros du vice y voit l'urne inftallée !
Et du titre de *Grand* cet infâme *honoré*, **
Triomphe de Dieu même, en fa place adoré.
Cette infecte poufliere enforcelle le Monde:
Et toute pleine encor de fon efprit immonde
Inocule fa rage ; & dans l'air empefté,
De climats en climats, porte l'impiété.
Oh ! qu'avec *Arouet*, ta carcaffe infolente
En remplit dignement la chaire peftilente ! ***

---

* Dans ce Temple superbe à si grands frais préparé depuis tant d'années à la Patrone de Paris, & que, pour n'omettre aucune abomination, au milieu de cette confufion de cultes, on a consacré à la plus ridicule idolâtrie, & à des Dieux cent fois plus méchans, plus infâmes, que ceux du Paganisme.

** *Honoré*, c'est le nom de cet homme, dont l'idée rappelle tous les genres d'infâmies.

*** La Chaire de l'Impiété : expression énergique du Prophête roi, qui s'écrie, dès le début de ses cantiques sacrés: *heureux celui qui n'est point entré dans le confeil des Impies, & ne s'est point assis dans la chaire de pestilence !* où jamais fût-elle élevée, plus audacieusement, cette chaire de menfonge, que dans ce temple superbe, où les cadavres impurs d'*A-rouer* (c'est ainsi que jadis Fréron nommoit très-justement le nouveau Dieu qu'adore aujourd'hui la France) & d'*Honoré Mirabeau*, prêchent encore, & plus efficacement, s'il est possible, que dans leurs écrits, l'irréligion, la débauche, les meurtres, les

Vous pouviez, à vous deux, fuppléer tout l'Enfer :
Et lui-même jamais, non, jamais Lucifer
N'auroit fçu mieux trouver dans fes Académies.

L'Âme & le front long-tems roidis aux infâmies,
Il fervit, plat valet, ce coquin * ténébreux,
Goujat ufurpateur d'un nom trop glorieux,
Libertin effronté, Scélérat imbécille,
Qui ne put d'un tel Maître, Écolier indocile,
Acheter le génie au prix de tout fon or.
Le fier guide efpéroit en diriger l'effor
Jufqu'au trône du Monde, & partager la Terre ;
Il n'en prévoyoit pas la chûte en Angleterre.
Mais à fon vol hardi le fot Bellerophon **

----

incendies, &c; & du centre contagieux de cette Capitale infectée, répandent jufqu'aux extrémités du Monde l'odeur
de tous les crimes.

* Le ci-devant soi-disant Philippe d'O..., que fervit
avec tant de zéle, & si infructueufement, le grand Mirabeau. On fçait quels efforts de génie, & quels prodiges
de fcélératesse, mais inutiles, il fit en fa faveur, ou, si
l'on veut, *pour les beaux yeux de fa cassette* patriotique.
Défefpéré du peu d'énergie de son plat disciple, & d'avoir
manqué une si belle occasion, il difoit à ses intimes,
après la journée du 6 octobre : *c'est un J. F... nous n'en
ferons jamais rien.* Ce qu'il vouloit faire de cet I F, n'étoit
pas même alors un problême : mais la Nation, tout aveugle
& dépravée qu'elle est, l'eût-elle jamais voulu? qnel échange,
bon Dieu! en place de cet adorable & trop infortuné Monarque, qui, tel qu'on nous l'a laissé, hélas! n'est vraiment plus.

** . . . . . *Exemplum grave praebet ales
Pegasus, terrenum equitem gravatus
Bellerophontem.* (Hor. Epod.)

Ne ſçut pas ſe prêter : il tomba de l'arçon,
Et par ſon propre poids replongé dans la vaſe,
Deſſous ſa lourde maſſe entraîna le Pégaſe.
Des civiques forfaits le ſale Blanchiſſeur,
Court à leur aide, & vient décraſſer leur noirceur.
Des flots d'or ont payé le ſavon & l'éponge :
Le Civiſme en ce tems conſacroit le menſonge :
Il avoit ſes couleurs, & des ſecrets nouveaux
Pour ternir la Colombe,* , & blanchir les Corbeaux;
Ils ſont, diſoit *Chabroud*, purs & blancs comme neige :
Ils le ſont, répétoient les échos du Manége.

L'ASTRE ainſi du bourbier ſortit brillant d'éclat :
Et tout rendit hommage au grand-homme d'État,
Financier, Philoſophe, athée, & théologue.

A ſes pieds on a vu, pilier de Synagogue,
Ce moderne Judas, ** Pontife agioteur,
De ſes Rois, de ſon culte infâme déſerteur,
Voulant tout à la fois, par des nœuds adultères,
Du Chriſt, & de Plutus allier les myſtères;
Vendant les biens du Pauvre, & le ſang de ſon Dieu;
Et paſſant des autels, aux comptoirs de Mathieu; ***

---

* *Dat veniam Corvis, vexat censura Colombas.*
(Juven.)

** Grace à leurs heureux & ſublimes travaux, ces êtres illuſtres n'ont pas beſoin d'être nommés : & nulle expreſſion n'atteint à la famoſité du *bancal décroſſé*, du *décardinaliſé*, &c.

*** *Vidit Jesus hominem sedentem in telonio, Mattheum nomine.* Mais ce Publicain ne fut uſurier qu'avant d'être Apôtre; & Monſeigneur eſt tout les deux enſemble.

C 3

A ſes pieds on l'a vu dépoſant croix, & mître,
Humble & rampant, ſoumettre à ce nouvel arbitre
L'Égliſe, l'Évangile, & ſon divin Auteur ;
Citer au tribunal de l'étrange Doꞔteur
Vingt générations de Martyrs & de Juſtes,
Et lui ſeul démentir tant de témoins auguſtes.
On l'a vu, ce difforme & tortueux * Samſon,
De l'antique ſerpent ridicule avorton ;
De l'Égliſe ébranlée agiter les colonnes,
Et ſur le front du Chef briſer les trois couronnes. **
Tu crois donc, de ce bras débile & criminel,
Renverſer, inſenſé, l'Édifice éternel ?
Tremble.... en vain ta frayeur implore l'Angleterre :
Tremble, infàme, il eſt temps : & le Ciel & la Terre
S'arment pour ton ſupplice.... entends, prêts à crouler,
Des Temples de Baal les voûtes s'ébranler....
Ah ! courbez ſous la foi, traitres, ou ſous la foudre :
Votre hérétique orgueil va rentrer dans la poudre.
Hâtez-vous, ſous la cendre humiliez vos fronts ;
De l'Égliſe expiez les pleurs & les affronts.

Tels ſont de Mirabeau les Diſciples célébres :
Il en feroit au ſein des royaumes funébres.
Tyran du ſombre empire, élargis tes cachots,
Et rends grace au plus grand de tes dignes Héros.

---

* On ſçait assez que Mgr. n'a jamais été bien droit au
moral comme au phyſique. Quant au ſurnom qu'on lui
donne ici, on ſent bien que ce n'eſt point par alluſion à
la force réelle du grotesque perſonnage, mais bien à ſon
audace plus que giganthesque, qu'on a cru pouvoir le lui
appliquer.

** La triple couronne du Souverain Pontife.

Lui feul traîne en tes fers l'Univers à fa fuite:
Par lui feul aujourd'hui le Monde eft Jacobite.
Lui feul dirige encor tous ces grands mouvemens,
Dont le Globe eft ému jufqu'en fes fondemens.
De la difcorde au loin fur les plaines fumantes, *
Lui feul a fecoué les torches dévorantes.
Lui feul en fait par-tout flotter les étendards,
En verfe les poifons, en darde les poignards;
Et lui feul, d'affafsins par-tout environnées,
Pourfuit dans leurs Palais les têtes couronnées.

Du vafte embrafement fon foufle dangereux,
Avant qu'il n'éclatât, nourrit les premiers feux.
Dès lors au Peuple, aux Chefs fa puiffante influence
Infufoit fon efprit, & travailloit la France.
Du Sénat oppreffeur les Maîtres orgueilleux
Croyoient penfer, agir, quand il penfoit en eux.
Les plus rares talens, entre fes mains habiles,
N'étoient de fes projets que les favans mobiles;
Et d'un rôle emprunté fubalternes acteurs,
Tous du drame étonnant fe croyoient les Auteurs.
Lui feul de *Chapelier* flattoit l'incontinence,
Amorçoit l'avarice, irritoit la jactance;
Mettoit le fot *Camus* aux mains avec *Maury*;
C'eft à fon ordre feul que le Juif *Emery*
Attiroit les Hébreux dans la terre promife;
Qu'aux enfans de Luther, *Rabaud* vendoit l'Églife.
Tantôt il déclamoit un civique fatras
Par l'organe ampoulé du *Député d'Arras*; **

* De France, d'Avignon, des Colonies: &c.

** Le Ciceron des Jacobinieres, cet illuftre enfans trouvé,

Et tantôt du babil de *Freteau* la Corneille ;
Pour étourdir fon monde, il fatiguoit l'oreille ;
Tantôt dictoit fon thême au disciple niais *
Qui marmotoit soufflé par le pédant *Siez*.
Sous l'air fat des *Lameth*, il jouoit le faux brave ;
Égorgeoit l'innocent par les mains de *Barnave* ;
D'une juppe sanglante habilloit d'*Aiguillon* ;
Des Halles entraînoit le hideux bataillon ;
Des Peuples affassins dreffoit les hallebardes ;
Sur les marches du Trône affaffinoit les Gardes.
C'eft par lui feul enfin, que de l'épais *Target*,
Si monftrueufement la cervelle accouchoit.

MAIS, ô Dieu ! tot ou tard le Méchant dans le piège
Vient lui-même échouer....ce Tyran facrilége,
Sous qui ton Peuple faint a prefque fuccombé,
De fon char de triomphe enfin il eft tombé.
De tant d'heureux forfaits la Mort a fait juftice :
Trop long-tems accufé, le Ciel, par fon fupplice,
De fa clémence, aux yeux des mortels indiscrets,
Le Ciel enfin s'abfout : adorons fes décrets.
Refpirez innocens, innombrables victimes.....
Mais que dis-je ?... ah ! du fond des éternels abymes

---

digne petit fils de *Damien*, enculotté jadis & nourri, par
la charité d'un Prêtre, au Collége de Louis le Grand,
où la Coulœuvre echauffée & dégourdie commença à lever
la tête, & montrer l'aiguillon ; de là, bientôt enfant gâté de
la fortune, membre *mille-ducentum-virat*, proclamé Régent
du Royaume, au champ de Mars par la Nation des sans
culottes, &c, &c ; en un mot le fameux Rob....

* Le jeune Comte *Matthieu* de *Montmorenci*, grave
Légiflateur de 22 ans. On dit qu'un jour le Précepteur
Siez laissa échapper quelques signes d'humeur, parce-
qu'aux Tribunes l'écolier interdit répétoit mal sa leçon.

Reviens, accompagné des plus fameux Démons,
Avec les Phalaris, les Denis, les Nérons;
Traine ici, Mirabeau, de la nuit infernale,
Ce qu'elle a de plus noir, Commode, Héliogabale,
Et plus que tout cela, ces douze cent fléaux,
Nos premiers oppresseurs, tes illustres suppôts:
Oui, fi cet affreux choix nous eft permis encore,
Revenez, c'eft du Ciel ce que la France implore;
Rendez-nous, avec vous, tous nos malheurs paffés:
Mais fous vos pas, de grace! ah! balayez, chassez
De ces Tyrans nouveaux la horde impitoyable,
Qui nous fait regretter votre regne effroyable;
Les *Bazyre*, *Lacroix*, le défroqué *Chabot*,
Et *Condorcet* l'athée, & le roué *Brissot*,
Et ce petit laquais, ramassé dans la boue,
Nourri par fon feigneur, qui tous les jours s'enroue
Criant contre les Grands, les Prêtres; & les Rois,
Sans fonger aux devoirs que le nom de *François*
Devroit mieux rappeller à fa mémoire ingrate;
Et ce *Merlin* forcier, dont la prudence éclate;
Et le fougueux *Fauchet*, & l'écumant *Ifnard*,
Et tout ce vil troupeau, féroce autant qu'ignard,
Des *Lecointres*, *Audrein*, ou Docteurs de village
Differtans au Manége en gothique langage
Plus convenable aux champs à haranguer leurs Bœufs;
Et ce tas de grimauds fi pedans, & fi neufs;
Ou ce *Trio* crasseux de Cuiftres, qui du Louvre
Veulent qu'à *deux battans* pour eux la porte s'ouvre;
Et chez leur propre Roi Souverains mal peignés
De fon peu de refpect se montrent indignés.

T'IRAI-JE décliner tant d'autres noms illustres,
Noms au Club exhumés, de deux ou trois cent ruftres,

Hommes à la journée eſtimés dix huit francs;
Tant leur ſçavoir, travaux, & merites ſont grands?
Je me garderai bien de paſſer en revue
Toute entiere à tes yeux cette auguste cohue:
Je crains, en vérité, qu'un ſi pénible effort
Ne te force à rentrer plus vite au ſombre bord.
Oui, je crains, JUVENAL, que ta Muſe intrépide
N'y ſuccombe-elle-même.... Aux eaux d'Aganippide
Viens retremper ma plume & réchauffer mon cœur;
Puis, à d'autres combats prépare ta vigueur.
Je veux, jusqu'aux berceaux où cette infâme engeance
Au ſein des factions naguére a pris naiſſance;
Quelque jour te conduire: oui, pour ſonder à fond
Ce cahos de noirceur, cet abyme profond,
Il faut tenter l'effort: couvert de ton égide,
J'oſerai me plonger dans ce gouffre homicide,
L'antre des *Jacobins*, dont les noirs ſoupiraux
Communiquent de près aux manoirs infernaux.
Là tu retrouveras l'eſprit qui nous gouverne:
Tu verras fabriquer dans l'horrible caverne
Tous ces foudres de loix, motions, & décrets
Dont la rage au hazard éparpille les traits.
Le Civiſme y fermente & bouillonne à ſon aiſe;
Et preſque à chaque inſtant de la noire fournaiſe
S'echappent des éclats..... de tant d'affreux complots
Ton œil y ſurprendra le germe à peine éclos.

MAIS la courſe eſt terrible: il faut reprendre
    haleine:
Philoſophes, dans peu nous rentrons dans l'arène.

✻✻✻

LES derniers vers qu'on vient de lire femblent annoncer un tableau des affemblées *Jacobites* : mais ai-je dû le promettre ? fans doute , peint au naturel, ce feroit un morceau curieux pour la Poftérité. Que dis-je curieux ? ne feroit-il pas auffi trop effrayant ? les hommes à venir rougiroient peut-être de tenir leur existence d'une génération fi perverfe , & reprocheroient à l'Auteur de la Nature d'avoir à ce prix créé les humains.

ON en verra, fi l'on veut , une legère efquiffe tracée deja dans la *Composition Démocrati-fuge contre la rage Française* , à l'article des *Clubs* , p. 58. , & dans celui de la *philantropimanie* : ç'en eft affez pour frémir. On peut y reconnoître les principes élementaires de la fecte , entrevoir fon génie , fes prétentions , fes mœurs , & s'y former quelque idée de cette horrible efpèce : idée très incomplette , il eft vrai ; ce ne font encore là que des traits ébauchés, des furfaces : et que de chofes plus terribles reftent à dévoiler ! mais quelle main ofera tout à fait déchirer le rideau ? il eut fallu , pour recueillir les faits , les détails , aller moi même à la découverte, vaincre mon horreur , pénétrer dans ces fanctuaires d'iniquité , me perdre au milieu de ces légions de monftres : que dis-je ? les obferver à loifir , les fuivre un certain temps , arrêter mes regards fur

cet inextricable tiſſu de forfaits, les palper, les
ſentir..... il eut fallu confondre, pour ainſi dire ,
mon ame avec la leur ; & par un ſupplice infini-
ment plus cruel que celui de Mézence, appliquer
à ces peſtes publiques mon eſprit, & mon cœur,
& juger, à ſes frémiſſemens, du degré de leur
ſcélérateſſe. Mais il n'eſt pas, je l'avoue, à l'épreuve
de pareilles ſecouſſes : & me réſoudre à ce boule-
verſement de tout mon être, eſt un effort qui paſſe
mon courage. Je ne parle pas du danger de la
vie : ils l'ont rendu ſi pénible, ſi odieuſe pour
l'honnête homme!...non, telle qu'elle eſt aujourd'hui,
mourir de leurs mains eſt un bien moindre ſupplice,
que l'horreur de les voir & de les entendre. Mais
vivre au milieu d'eux en familier, en eſpion, quel
rôle ! c'eſt déja trop leur reſſembler. Prendre
avec eux le nom de *frère* , d'*ami !* ah ! ſi je le
pouvois, je mériterois de l'être. Dispensez-moi,
Lecteur, de l'engagement que j'ai pris à la fin de
la Satyre précédente : il eſt trop au-deſſus de mes
forces. Je ne ſçais ſi le peintre hardi des noirs
tyrans de l'abyme, (*Milton.*) pourroit s'élever lui-
même à la hauteur d'un pareil ſujet. Beaucoup
d'autres l'ont eſſayé déja ; mais comment ? ah !
lâches écrivains, taiſez-vous. Du badinage,
des bouffonneries, auprès de ces horreurs! * Ciel!

---

* Français, que vos arts ſont petits ! mais que vos
talens pour le crime ſont grands ! n'est-ce donc qu'en
e genre que vous êtes paſſés Maîtres ?

peut - on rire , à la vue de ces monſtres ?
pour moi , je n'y ſçais d'autre moyen , que celui
de ce peintre d'Agamemnon , qui deſeſpérant de
le rendre tel qu'il le concevoit au ſacrifice d'Iphi-
génie , lui voila le viſage.

Je vais , en placeȝ offrir à mes Lecteurs 'un eſſai
non moins intéreſſant pour les ames ſenſibles. Mais
l'état de mon ame ne me permet point ici le travail
de la verſification : je n'invoquerai point à cette
fois la Muſe de Juvenal. Il ne me faut , dans un
pareil ſujet , & ſelon ſa propre penſée , d'autre
divinité inſpiratrice , que mon indignation , & ma
douleur profonde. Malheureuſement je crains , que
ce dernier ſentiment , au point qu'il me domine ,
n'y repandre malgré mes efforts un déſordre , une
langueur capable d'affoiblir les effets du premier
dans l'ame de mes Lecteurs.

IVᵉ. TABLEAU.

LES TUILLERIES.

Jardin pompeux, école depuis long - temps & ren-
dez-vous de tous les crimes, que d'autres s'étonnent
du changement qui s'eſt opéré dans ton ſein ;
& que de ſéjour de la galanterie, tu ſois devenu
le repaire des ſéditions, le foyer des troubles, des

ravages, des incendies, des maſſacres : pour moi,
je n'en suis aucunement surpris : le paſſage n'eſt
point ſi bruſque, ni le contraste ſi tranchant que
l'on pourroit se l'imaginer. Charmans Français, le
mépriſable vernis de vos mœurs diſſolues trompoit
depuis long-temps vos admirateurs : ce que vous
appelliez élégance, urbanité, n'étoit qu'abomination,
que la circonstance n'a que trop dévoilée. Non,
il n'y a pas ſi loin de l'extrême licence du libertinage à l'anarchie universelle ; ni des rafinemens de
la ſenſualité, diſons plutôt, des goûts pervers de
la brutalité, aux excès de la férocité : ce n'eſt qu'une
autre eſpèce de débauche. Après ces jouiſſances
illicites en tout genre, ces crimes contre nature à
faire pâlir les aſtres de la nuit, que reſtoit-il ? au
point d'irritation, où ſont aujourd'hui leurs ſens,
il leur faut des plaiſirs de ſang : & se baigner dans
les entrailles fumantes de leurs frères, eſt leur
dernier degré de volupté. O qui que vous soyez,
Conducteurs des humains, prévenez la dissolution
des mœurs, ou ne prétendez pas, la bride lachée,
pouvoir jamais déterminer le terme où s'arrêtera
la diſſolution universelle: *discite justitiam moniti.*

DEPUIS long-temps cette terrible catastrophe étoit
préparée pour la France. La fermentation des pa-
radoxes, des systêmes, & des vices l'avoit amenée
à ſon point de maturité ; & la vigueur ſeule d'un
gouvernement actif & vigilant comprimoit tous

ces élémens en désordre , en contenoit la sourde
inquiétude, & rétardoit l'explosion. C'est au moment
que tout murmuroit contre un despotisme ima-
ginaire , qu'un despotisme effectif & le plus ab-
solu étoit devenu peut-être indispensablement nécessaire ; & le seul moyen de salut qui pût nous
rester. Déja tous les principes étoient dissous , toutes
les vérités effacées , tous les devoirs abjurés, toutes
les vertus ridiculisées & proscrites, tous les pouvoirs
importuns, odieux ; & l'anarchie morale étoit dans
tous les cœurs. Depuis long-temps livrés à leurs
goûts déréglés, & ne voulant plus d'autres loix ,
tous en secret se disoient : *nolumus hunc regnare
super nos*. Nous ne voulons plus de ce Christ,
de son culte génant , de ses maximes trop sublimes,
de ses Ministres qui nous prêchent une morale
trop sainte ; nous ne voulons plus de ce Roi, sa
plus digne image. Et dans ce jour désastreux, le
6 octobre, ce cri de tous les cœurs n'a fait qu'éclater
au dehors. L'insolente yvresse de ce Peuple effréné
n'étoit en ce moment que l'expression des vœux
secrets de sa perversité. Comme tous les vices , à
cet heureux signal , rugirent de joie ! avec quels
transports ils saisirent l'occasion de se venger d'une
longue contrainte avec quelles délices ils outrageoient,
baffouoient, brisoient, fouloient aux pieds tout ce
qu'ils avoient trop long-tems respecté ! comme
ils savouroient les humiliations & les pleurs

de leurs Rois ! comme ils croyoient , avec eux ,
trainer enchaînés tous ces pouvoirs qui jusqu'a-
lors avoient contenu leur effervescence ! c'étoit le
moment de leur triomphe sur la Vertu , sur l'Evangile, sur la Divinité même. Ils s'imaginerent n'en
avoir plus d'autre, que les idôles qu'ils venoient
de se créer eux-mêmes ; & crurent , du même coup,
voir tomber du Ciel, & s'évanouir comme un vain
fantôme ce Colosse imposant de puiſſance sacrée,
que seule avoit , leur diſoit-on , élevée sur leurs
têtes dociles l'adroite politique de leurs Tyrans.
Ingrats , aveugles ! heureusement elle veilloit encore
ſur vous & la France , cette puiſſance inviſible ,
cette Providence éternelle : ſeule à ce moment elle
conſervoit encore la Société prête crouler ſur ſes
baſes renverſées , & ſauvoit le Genre humain de vos
derniers attentats. Oui , ſeule elle arrêta ſansdoute
les mains ſacriléges, impatientes de conſommer le
plus exécrable des forfaits.

MAIS bientôt, quel déſeſpoir, lorsqu'ils virent que
cette Priſon pompeuſe, où ils croyoient n'avoir dépoſé
leurs victimes, que pour les y réſerver à l'horrible cu-
rée qu'ils préparoient, étoit en ce moment, pour leur infortuné Monarque, un azyle propice, où quelque reſte
encore de reſpect & d'amour lui ſervoit de rempart !
oh ! combien alors, déſolés d'avoir manqué ce coup
d'état , ils redoublèrent d'acharnement ! Semblables
à ce Tigre furieux qui revient mille fois ſur ſes pas,

tourne

tourne & retourne autour du rocher où il a vu dif-
paroître fa proie, ainfi depuis ce tems fans ceffe ils
reviennent à l'affaut : à tous les inftans du jour on
voit, les ferres déployées, la gueule enflammée, la
prünelle fanglante, des flots de ces Monftres parricides
rouler fous les murs de ce lugubre Château: ils en
affiégent toutes les avenues ; rugiffent à la vue de
leur proie, qu'ils ne peuvent atteindre ; la contem-
plent avec une horrible convoitise, la dévorent des yeux.
Plus nombreux que les Dragons femés dans les champs
de Cadmus, il femble dans cet affreux jardin en fortir de
la terre à tous momens de nouveaux bataillons diverfe-
ment armés.

O Vous munis d'un triple airain, vous, dont l'ame
fublime enveloppée de fa vertu, feroit encore, à force
d'héroïfme, au-deffus de la crainte qui glace aujourd'hui tous les cœurs, fuivez-moi, fi vous l'ofez :
enfonçons-nous dans ce repaire affreux: effayons de
faire le tour de cette enceinte orageufe.... ah ! qui
n'éprouve, à l'approche de ce brillant Jardin, le frémif-
fement involontaire de ces voyageurs dans des pays
inhabités, à l'abord d'une de ces forêts ignorées
pendant des fiècles, où l'œil même du jour ne fauroit
pénétrer ; hériffées de toutes les productions bizarres,
de tous les monftres de forme & d'inftinct inconnus,
que la groffière Nature, y déployant en liberté fa
funefte énergie, fe fait un jeu d'accumuler depuis la
naiffance du Monde, fur un terrein fauvage!

D

En entrant.... hélas ! j'ose à peine déjà lever les yeux : pardonne, ô mon Roi, je crains d'y rencontrer les tiens, d'y lire tes malheurs, & les nôtres. La voilà donc cette façade, où jadis s'annonçoit en caractères si grands la majesté de nos Rois ! c'est dans ces murs, si tristement superbes, que la perfide envie, l'hypocrite noirceur, la brutale insolence, gardent insidieusement les malheureux ôtages de notre inquiète liberté ; & toute cette magnificence ne couvre plus que les cachots lugubres où languissent ensevelis les augustes objets des adorations de la vertu, & des imprécations de la scélératesse !.... me trompé-je ?.... quels sons impies ont fait frémir mon oreille, & mon cœur ?..... quoi ! sous leurs fenêtres, en leur présence !.... quoi ! ce sont là ces Français si vantés ? & ces troupeaux d'énergumènes, c'est ce qu'on appelle des *Citoyens*, des *Patriotes* ? ah ! ces nouvelles espèces, ce ne sont donc pas des hommes ?..... bouches impures, vous osez vomir contre le plus généreux, le meilleur des mortels, contre cette Héroïne qui partage, & relève par son courage, ses déplorables destinées, ce que vous n'oseriez hasarder contre le plus vil des humains ! &, loin de vous cacher, c'est sur eux-mêmes, (ô rafinement inconcevable d'une si barbare grossièreté !) c'est presque jusques sur leurs fronts couronnés que vous voulez lancer les sales excrémens de vos langues ordurières ! console-toi, ô mon Roi, (si pour ton cœur religieux ce peut être une consolation) ce Dieu qu'adore la Nature,

ce Dieu tout puiſſant & tout bon, hélas ! il n'en
eſt pas ménagé davantage ; & tandis qu'il leur pro-
digue les feux de ſon ſoleil, & fixe, ainſi que toi,
des regards attendris ſur ces malheureux qui le blaſ-
phêment & t'outragent, mille fois il entend ſon adorable nom avec le tien mêlé dans leurs ſarcaſmes
effroyables : & ce Dieu ſuſpend ſon tonnerre ! & mon
Roi pour eux implore ſa clémence !... ah ! les cris in-
ſolens des reptiles de ces marais, pourroient-ils irriter
l'Aſtre du jour ? & les placards de boue qu'ils épar-
pillent dans les airs, obſcurciront-ils l'éclat de ſes
rayons ?

MAIS quel frappant contraſte dans ce tableau
terrible ! quelle différence fortement prononcée entre
deux eſpèces d'hommes allans & venans dans cette
foule tumultueuſe ? les uns couverts à peine de vê-
temens hideux, le front hagard, le coup d'œil farouche,
le geſte menaçant, épouvantant les airs de leurs
clameurs féroces, ſemblent de leurs regards fou-
droyer le paſſant modeſte ; un air de décence, un
extérieur honnête eſt ſuſpect à leurs yeux : malheur
à qui porteroit ſur ſon front, quelques traits de no-
bleſſe, & ſurtout le caractère ſacré de la vertu ! c'eſt
un titre en ce lieu de proſcription & de mort : &
leur fureur jalouſe brûle de déchirer tout ce qui
ne leur reſſemble pas. Les autres muets, le front
baiſſé, l'œil morne & conſterné, ſemblent défiler en
tremblant devant leurs vainqueurs, &, comme le

D 2

foldat bleffé, dépouillé de fes armes, fe hâter d'échapper de la mêlée. La profonde douleur eft empreinte fur leurs pâles vifages ; & fur leurs lévres expire la plainte étouffée. Retenez vos foupirs, infortunés: craignez de laiffer échapper ce torrent de larmes où femblent nager vos yeux troublés: fupprimez ces fignes de tendreffe : ils appelleroient fur vous les poignards, & fur les auguftes objets de votre amour. Complices de tes vertus, ô mon Roi, puifqu'ils les adorent, ils en portent la peine. Épiés, pourfuivis, partout chargés d'injures, victimes dévouées à la haine publique, immolés à la rage du crime triomphant, pour-être maf-facrés ils leur fuffit d'un mot. Et cependant . . . . . s'ils rallioient leurs forces, ils feroient fupérieurs par le courage fans doute, & le nombre peut être. Ciel! par quelle fatalité la Sageffe eft-elle ainfi la victime de la modération qu'elle même s'impofe ? comment arrive-t-il, que l'audace & la vigueur foient en ce moment le partage de ceux qui feuls devroient rougir ? tandis que l'Innocence & l'Honneur, faits pour marcher le front levé, baiffent les yeux devant le Crime ? Par quelle impudence inconcevable, par quelle étrange injuftice qui femble accuser le ciel même, les plus généreux des humains, comme les plus tranquilles, lors|même qu'ils s'interdifent jufqu'aux repréfailles, jufqu'à la réplique, font-ils chargés, punis de tous les attentats dont ils font eux mêmes les malheureux objets ? & quel charme a donc pu changer

en timides Agneaux, tremblans fous le couteau de
lâches affaffins, ces Lions fi fiers dans les combats?

Mes yeux fe troublent : mon cœur s'épuife : comment foutenir long-temps cette double angoiffe d'horreur & de tendreffe? Quittons ce douloureux fpec-
tacle.... Un autre plus terrible va nous en diftraire.
Roidiffons s'il fe peut notre ame : il faut nous embar-
quer fur cette mer orageuse. C'eftdonc là cette fameuse
Terraffe, dont les motions, le tumulte, les cris
ébranlent l'Europe, & retentiffent jufqu'à l'autre
hémifphère! Grace à la *Liberté*, ce concours fi nombreux, n'eft plus feulement de ces gens *comme il*
faut d'autre fois : mais bien mieux que cela, c'eft
un mélange patriotique d'Anglois, Français, Turcs,
Chinois, de Bourgeois, de laquais, de Savetiers
capitaines en épaulettes, de cuiftres Magistrats en
écharpes, d'Auguftes fans culottes, de Héros coupe-
jarrets & coupe-tête, d'inviolables à 18 francs, de
femmes publiques à 12 fols, d'Orateurs, à 2 f, d'assassins à tous prix, & de tous ces gens en un mot *comme il*
les faut aujourd'hui, connus fous la dénomination
générale de *Patriotes*. Tous ces divers élémens, plus
agités que les tourbillons de Descartes, s'attirent, fe
repouffent, se divifent, s'approchent, & se réunif-
fent en maffe autour de divers centres. Vingt
groupes de cette nature partagent quelquefois, &
coupent dans fa longueur cette effrayante promenade.
N'approche pas, honnête homme : s'ils lifent dans

tes yeux quelque figne de bon fens, de droiture, c'en
eft fait de ta vie. La traverfée eft ici plus dange-
reufe que celle d'une forêt assiégée de brigands.
Entendez-les, jeunes & vieux, abbés, courtifannes,
valets & marquis tous enfemble délibérer, déclamer,
tonner, attaquer, repliquer, de leurs ordures barbouiller la vertu, invectiver les Prêtres, infulter les
Rois, défier le ciel... l'Enfer offriroit-il un tableau
fi tetrible? un Athée y reforme l'Eglife; un libertin y veut épurer les mœurs; un Juif y reprimer
l'ufure & l'agiotage; un filou s'y charge de rétablir
l'ordre dans nos finances; un Ravaillac y dénonce
les Rois: Et mille antropophages, dans un instant
peut-être, vont fous nos yeux s'y partager les membres d'un malheureux dechiré de leurs mains...Et
c'eft de ces bruyans tripots, plus anarchiques que
le cahos, plus violens que la Mer en furie, où
la plus ftupide ignorance, infpirée par la malignité
la plus fcélerate, exaltée par la plus fanatique audace, ftimulée par la rage la plus féroce, prononce,
ordonne, tranche, reforme & boulverfe à son gré
la nature; c'eft de-là, dis-je, que sortent nos destinées! c'eft là que font hautement proclamés, con-
facrés, fcellés du fang des oppofans, cette doctrine
impie, ces inftitutions impures & barbares, & tous
ces principes nouveaux que depuis fept mille ans
on n'avoit pu jufqu'à ce jour entendre fans horreur.
oui, toi-même, ô trop éloquent ennemi des chré-

tiens & des Rois, Citoyen de Genéve, & jusques
à vous, ombres infernales Mirabeau, Voltaire, oui,
vous frémiriez vous mêmes, si vous pouviez entendre
comment vos propres maximes font appliquées,
interprétées, défigurées, empoifonnées par ces bouches atroces, & quels affreux refultats ils en ont
sçu tirer. C'eft là que se forgent & muriffent ces
profonds fyftêmes, que s'ourdiffent ces vaftes complots dont les affreuses trames menacent d'envelopper
tous les Peuples & les royaumes; c'eft là que font
préparés, discutés, arrêtés ces loix & décrets, en
regiftrés ensuite au Manège; là que s'exécute la
fçavante manœuvre qui le dirige; là que jouent
les refforts qui font mouvoir tant de millions de
têtes & de bras; là que se montre, agit, & regne
enfin cette *Nation* fi dignement représentée, qui
par fes convulsions & vociférations terribles a fi
fouvent fait pâlir fes Repréfentans, & leur intime
énergiquement fes ordres abfolus. En un mot, c'eft
là pour ainsi dire l'égout universel de Paris, &
du Monde, où s'amaffe & reflue tout ce que la
Nature depravée a jamais produit de plus exécrable.

Le retour de la belle faifon va-t-il au moins dans
ces jardins, l'azyle autre fois des jeux & des plaifirs,
ramener le calme & la férénité. Non, les beaux
jours ne feront qu'y multiplier les orages, échauffer
les cerveaux, irriter la malignité des vapeurs épaiffies
dans les airs, & raffembler en plus grand nombre fur

cette région infectée les nuées de ces Vautours affamés de carnage. Fuyez , hôtes innocens de ces toits de feuillages ; fuyez, Chantres aimables, ces cris tumultueux. Dès que les premières chaleurs commenceront à déployer les frais & doux ombrages des feuilles renaiſſantes, à l'inſtant ces monſtres farouches vont s'emparer des paiſibles retraites que la Nature vous préparoit. Chacun de ces arbres va devenir un point de ralliement pour ces hordes convulsionnaires ; & ſous ces dômes de verdure , autour de chaque tronc , vont s'établir autant de Cercles hurlans, motionnans, jurans, blaſphémans, aiguiſans les sabres & les haches , respirans le ſang & la flamme, & s'apprêtans à dévorer,... helas ! peut-être les membres ſacrés de l'auguste proie....

Qu'ai-je dit , ô ciel !..... ah!... rien encore. O combien toutes les richesses du langage , quand je les aurois à commande, me laiſſeroient loin de l'horrible vérité ! je ne vous ai peint encore que cet affreux Jardin: mais qui peut vous montrer jusqu'où ce tourbillon de crimes , dont il eſt le centre , étend sa sphère d'activité ? qui oſera compter l'affreuſe liste des forfaits tant exécutés que projettés ; et meſurer l'effroyable étendue des effets produits et à produire, qu'ils en attendent? qui peut vous dévoiler par quels fils ſecrets, par quels leviers puiſſans, une poignée de scélérats, d'un coin de cette ville , ébranle l'Univers ? & comment cette maſſe

de

de perverfité, non feulement gagne, corrompt, gangrene toute la Capitale, au point qu'elle n'eft déja plus qu'un antre immenfe de Circé, où dans fix cents mille ames on ne voit qu'un amas confus d'animaux furieux ; mais influence, domine, électrife au loin les Cités, les campagnes, les Provinces, obféde la France , & menace le Monde *.

---

* Le projet des Jacobins de Falaise, & leur adresse franche & claire aux *amis & freres* de Paris & autres lieux, consignée dans les journaux du mois de février dernier, peut, jusqu'à un certain point, fournir une mesure proportionnelle des prétentions de cette abominable Secte de soi-disans Philosophes, c'est-à-dire de monstres dont l'existence n'eut jamais paru possible, si leurs œuvres ne la prouvoient trop bien. Il ne s'agit que d'étendre, mais beaucoup, mais presque à l'infini, (par exemple de Paris à Pekin d'un côté, à Québec de l'autre, & du Tibre à la rivière des Amazones) les opérations projettées & les immenses résultats ; on pourra se former ainsi quelque léger apperçu de la somme des calamités qui se préparent. Si les autres Clubs ne se sont pas si ouvertement déclarés , le vœu général n'en est pas moins très manifeste : on ne peut douter qu'ils n'ayent tous un seul & même plan , universel dans son objet, uniforme dans l'exécution, suivi d'ailleurs en ce moment avec une persévérance, une ardeur, une habileté que l'on ne devoit, ce semble, attendre que de la vraie sagesse. Si les diverses subdivisions du parti principal diffèrent dans quelques opinions jusqu'à s'entre-déchirer, il n'en est pas moins sûr, qu'ils font corps, & ligue offensive contre tout ce qu'il y a de vrais amis du bien, qu'ils sont tous parfaitement d'accord dans le point essentiel, & pour le but commun, à sçavoir la ruine universelle, conséquence nécessaire de leurs principes fondamentaux. Et le profond secret des grands Initiés, la marche ténébreuse de ceux qui dirigent les premiers ressorts, n'est qu'un moyen de plus, & le moyen

E

L'etrange épidémie fait d'heure en heure de fi terribles progrès, l'erreur fatale acquiert à chaque pas un empire fi prodigieux fur les efprits des Peuples, que ce qui de fa nature ne paroit tendre qu'à la diffolution, n'aboutir qu'au néant, je veux dire le menfonge & la fcélératefle, prend au contraire de jours en jours une confiftance effrayante. Oui, le fyftême d'iniquité fe parfait & s'achéve :

---

le plus efficace. On ne voit rien de l'action principale ; on n'apperçoit que l'effet : mais le *comment* est impénétrable : & ce mystère est ce qu'il y a de plus effrayant. Déjà le fuccès prodigieux de leurs opérations, dans des cours étrangères, à de si grandes distances, & dans les deux Mondes, est de ce que j'avance une preuve bien terrible pour les Souverains, & pour toutes les nations civilisées. Ici une colique, là un pistolet, ailleurs une petite léthargie conduisant doucement au sommeil éternel, ailleurs une danse, une orgie de cabaret, une promenade civique, une petite émeute adroitement disposée pour préparer la voie au plus saint des devoirs, &c. &c. Quelle variété d'invention, quelle simplicité de ressorts, quelle rapidité d'exécution ! assurément cela tient du miracle. Il ne leur manque plus, que d'adresser aux peuples ensorcelés & prêts à tout croire ces dernières paroles de l'affreux Mahomet entouré de ses victimes expirantes.

. . . . .Apprenez téméraires,
  Aux vengeances du ciel, à connoître mes droits :
  La Nature & la Mort ont entendu ma voix.
  Ainsi mes ennemis sentiront mon courroux.

Et déjà ce malheureux Peuple, il les prévient : il se flatte hautement de la protection, de la complicité du Ciel, dont la foudre se tait, & dont le soleil officieux murit constamment leurs moissons, depuis qu'ils ont abbattu les temples, & ne fatiguent plus d'inutiles prières un Dieu, qui ne doit plus exiger des humains que du *patriotisme*.

déja c'eft un enfemble exactement lié dans toutes
fes parties , un corps méthodique de doctrine
anti-fociale , un plan régulier de deftruction uni-
verfelle. Déja tous les principes reçus font déna-
turés, anéantis : ce que l'on appelloit évidence ,
n'eft plus que la fafcination de l'ignorance & des
préjugés; & ce que l'on crut jufqu'ici d'éternelle
vérité , eft aujourd'hui mis au rang des contes de
nourrices. Déja les idées, les fentimens du commun
des hommes prennent une tournure, une direction
toute oppofée à ce qui jufqu'alors avoit paru la
marche de la raifon , l'impulfion de la Nature :
en un mot tout eft fous le charme : toute un génération s'accorde, s'obftine à vouloir éteindre les
lumières du bon fens , la voix de la confcience ; dé-
pravé , étouffé, l'inftinct moral n'eft plus : enfin
l'horrible confédération enveloppe , entraîne
le Genre humain, & va de Peuples en Peuples ac-
célérant la ruine de l'efpèce entière.... Et faut-il
s'en étonner ? c'eft ici le dernier réfultat , la quin-
teffence de tout ce que la Philofophie du crime
avoit, depuis près de 40 fiecles, imaginé, compilé
de plus fpécieufement faux & trompeur, de plus
habilement corrupteur, de plus fubtil enfin & plus
méchant enfemble ; & cela recueilli, rédigé, coloré
depuis environ un demi-fiecle, par les plus grands
Ecrivains , avec tout l'avantage que peuvent donner
la force & la beauté du génie , les reffources de l'art,
l'étendue des lumières ; la multiplicité des connoif-
fances accumulées dans un fi long espace ; & cela dans
un temps, où les paffions & le vice, à leur plus
haut dégré d'exaltation , ne cherchoient que des
autorités & des alimens, & n'attendoient, pour
le déborder, que l'occafion de brifer de trop foi-

E 2

bles digues , devenues déformais impuiffantes. Oh !
oui, triomphe, orgueilleufe Philofophie, triomphe:
& puifque je te vois enfin exécuter ce qui paroiffoit
au deffus de tout génie mortel, ce que fembloit
feule pouvoir imaginer, effectuer une intelligence
infinie en malice, je commence à croire au double
principe du Manichéifme : oui , c'eft le Dieu du
mal qui t'a vomie fur la terre, pour boulverfer la
création, & la replonger au néant ; ou plutôt tu l'es
toi-moi-même, ce Génie malfaifant ; auffi puiffant
pour le mal, * que l'eft pour le bien fon adorable
auteur.

ET TOI, fous les éruptions continues de ces Volcans,
au milieu même de ce foyer écumant, où le bouillon-
nement de tant de matieres enflammées produit à
tous momens ces terribles fecouffes dont l'ébran-
lement le communique à tous les points du Globle;
Toi de toutes parts affiegé des phalanges, bloqué
des batteries, enveloppé des artifices & des ma-
chinations de la Philofophie , quelle doit être, ô
mon Roi, ta fituation ; dis-nous, *Pavillon de l'aurore,*

_____

* Si je parlois , au temps où nous fommes de l'Antechrit.
je ferois de pitié hauffer les épaules au Lecteur du jour,
j'avouerai cependant que ce qui fe paffe aujourd'hui , eft
une démonftration frappante à mes yeux de la vérité
de cette prédiction terrible ; & que s'il doit jamais paroître un Ante - chrift , autre que l'effroyable Secte qui
en réunit fi bien en ce moment tous les caractères, je
ne fais par quels étonnans preftiges il pourroit jamais fur-
paffer les miraculeufes horreurs que nous voyons. Quant
à moi , au train que prennent les chofes, je n'attens plus
que la diffolution des élémens : & certes , à la vue d'un
pareil Univers il y a long-temps, que de honte ou d'effroi, les Aftres auroient dû pâlir & s'éteindre.

quel jour serein as-tu vu, depuis trois ans, se lever
pour lui? oh! quand viendra luire à ses yeux l'aurore
de ce bonheur qu'il nous préparoit, & dont il est
si digne? quand verrons-nous enfin, sur leur tige
antique, à l'abri de son trône, refleurir ces moissons,
autre fois si brillantes, des lys flétris & desséchés?
hélas! dans ta vaste carrière peux-tu faire, ô Soleil,
peux tu faire un pas, sans compter ses douleurs?
ton flambeau ne s'éteint, ne se léve que sur ses outrages
chaque aube matinale les annonce au jour: chaque
jour les présage à la nuit. Lorsque tu reparois, à
l'Orient de cette Ville ingrate, oh! combien de
fois à regret te vois-tu forcé de prêter ta lumière
aux forfaits qui se préparent! combien de fois
peut-être n'as-tu blanchi de tes premiers rayons ce
Fauxbourg * trop fameux par les ruines de la
Bastille, que pour en éclairer & conduire au carnage les hordes meurtrières; ou celles que vomit
ce Palais toujours plein des affreux émissaires &
des bataillons assassins, qu'y rassemble ce Monstre
titré, le plus hypocrite & le plus implacable ennemi
de son vertueux Maître! combien de fois à ton
couchant as-tu pâli de ses dangers, en voyant, dans
la région manégienne, se grossir les orages & les
attroupemens, qui pendant la nuit alloient menacer
le repos de l'auguste famille!

Ah! Cet infortuné Cacique ** étendu par d'avides
usurpateurs sur un lit de charbons avec son ministre,

---

* Le fauxbourg St. Antoine.
** Qui jugerons-nous le plus courageux, de l'odieux
Cortez, subjuguant le Mexique à force de poudre, de

ou le fidèle Régulus roulé dans une machine hériffée
de pointes fanglantes, étoient-ils plus cruellement tor-
turés que le malheureux Louis, entre fon Époufe en
pleurs, cet Enfant né fur la pourpre & jouant dans
les fers, & fes miniftres impuiffans, de toutes parts
inveftis de mortelles angoiffes, ne pouvant repofer fes
yeux ni fon cœur que fur des fupplices ? Les cruels !
Ils femblent ne refpecter les reftes de fa vie, que
pour lui plus profondément inculquer, & lui verfer,
pour ainfi dire goutte à goutte, le fentiment d'une
longue mort.

Quel cercle effrayant & lugubre de fcénes défo-
lantes l'environne & l'obfède ! D'un côté fous tes
regards, Monarque infortuné, s'étendent ces jardins,
ces Terraffes, théâtre autrefois des Arts, du Goût, du
Luxe, où brilloient dans tout leur éclat et la Nation la
plus élégante, & la Cour la plus puiffante de l'Univers;
aujourd'hui forêt peuplée de Tigres, raifonneurs qui
pis eft, & beaux efprits, fophiftiquant avec une dé-
teftable adreffe leurs atroces fureurs; levant impu-
demment, contre tes yeux pleins de douceur & de
tendreffe, des yeux enflammés & farouches, qui
dardent le mépris, l'infulte, la menace & la rage ;
monftres affamés qui ne femblent attendre que le fignal
régicide de l'infernal Manége pour s'élancer fur tes
amis, ton peuple, ta famille, fur les têtes les plus

perfidies & de trahifons, ou de l'infortuné Guatimofin,
étendu par d'honnêtes Européens, fur des charbons ar-
dens, pour avoir des tréfors, tançant un de ses officiers à
qui le même traitement arrachoit quelques plaintes, & lui
difant fièrement : *et moi, suis-je sur des roses* ?

(J. J. Rouffeau.)

chères & les plus facrées ; prêts à dreffer , s'il le
faut, des miférables débris de ton trône, un écha-
faud peut-être,...à qui, grand Dieu ! ah ! j'expirerois....
en achevant ce mot.

DE l'autre côté, fappant les derniers & foibles
appuis de ce trône , qu'ils ébranloient lourdement
depuis un demi-fiècle, te ferrent de près, te furveil-
lent, t'épient avec une infidieufe malignité, ces Corps
fottement vains d'un funefte babil * , qui penfent
dans leurs frivoles antithéfes balancer les deftins des
Nations. Illuftrés uniquement par les faveurs de tes
ancêtres, dotés par eux des plus beaux priviléges,
enrichis (hélas ! pour d'autres usages) de vos libé-
ralités, c'est avec leurs bienfaits & les tiens qu'ils
ofent t'attaquer. Raffemblés & logés dans vos propres
Palais , ils en ont fait des Ecoles de menfonges ,
d'indépendance & de révolte, des temples d'athéifme;
& c'eft-là, que brillans des rayons réfléchis de ta propre
fplendeur , tranquilles, honorés fous tes aufpices, ils
méditent & digèrent à loifir ces libelles féditieux, ces
ténébreux fyftèmes, ces recueils de maximes & pein-
tures fcandaleufes qui doivent culbuter la Monarchie,
les mœurs , la Réligion , les Sociétés, & bientôt le
Monde entier, s'il n'avoit que les Dieux que daignent
lui laiffer ces modernes Lucrèces. C'eft-là qu'àpeine
quelques cloifons te féparent de cet impie *Condorcet* ,
de ce la *Harpe* infolent , de ce mufqué Ch.... & tant
d'autres, que vils adulateurs hier, on voyoit fe traîner

---

* Les Académies françaife , des sciences, &c. qui
tiennent leur séances au Louvre, où plufieurs même de leurs
membres sont logés.

baſſement aux pieds des intriguans adroits, qui rém-
pans eux-mêmes ſur les marches du trône pour
y ramaſſer les menus bienfaits échappés de tes
mains, daignent en renvoyer quelques éclabouſlures
à leur doctes protégés. Quelle caricature auſſi riſi-
ble que choquante, de les voir aujourd'hui, ces
faiſeurs de préfaces, ces marchands de flatteries en
rime en proſe, ces diſerts paraſites de la table des
Grands, de les voir auſſi ſerviles adorateurs des
veaux d'or de la multitude, que des idoles de la
Fortune, lâches panégyriſtes des crimes de la Halle,
comme ils l'étoient des vices de la Cour, confondre
leurs voix avec ces abboyeurs infâmes, agacés par
les cris de la populace; s'évertuer à leur tour à
vomir académiquement d'impudentes calomnies contre tous les Héros de ta race, contre tous ceux qui
partagent avec toi les reſpects de la Terre; & ſe
diſputer le ſublime honneur de porter au Lion
terraſſé, languiſſant dans les fers, le dernier coup
de pied de l'âne !

Non loin de-là ton oreille émue peut entendre
ces cris qui firent ſi ſouvent frémir tes entrailles
paternelles, pâlir le front de ton auguſte Epouſe,
friſſonner dans tes bras l'aimable enfant, objet
de vos ſollicitudes? les cris de ces bêtes féroces,
que dans ce Cirque * fameux entretiennent à grands
frais nos Tyrans; qu'ils y nourriſſent de chair humaine, & que de temps en temps ils lâchent ſur leur
proie, pour amuſer un Peuple féroce, & le repaître
de ſang, quand il manque de pain. On voyoit, il

* Celui du Palais-Royal.

y a peu, cette caverne, & l'arène qui l'entoure ,
ainfi que l'antre de Polyphême, jonchée prefque
tous les jours de lambeaux fanglans & d'offemens
épars. Depuis long-tems, dit-on, ils leur deftinent
une plus grande victime....* monftres, avant de l'atteindre, combien vous en avez de milliers d'autres
encore à dévorer !

Cherche-t-il, flétri de fa longue prifon, à refpirer un air plus frais & pur ? hélas ! ce trifte Palais
ne regarde & ne s'ouvre que fur des lieux infectés
de l'air contagieux & des vapeurs malignes dont fon
malheureux Peuple eft enyvré : de quelque côté qu'il
fe tourne il n'y peut refpirer que l'odeur du crime

---

* Il y a trois ans que de pareilles conjectures euffent
été plus que téméraires & vraiment criminelles : je les euffe
repouffées comme un vrai facrilège. Mais aujourd'hui
peut - on douter de rien ? L'effigie du fouverain Pontife
brûlée dans le Jardin du Palais-Royal, le bufte de l'Empereur dans celui des Thuileries, &c. &c. ne les juftifient que
trop. Euffent-ils, pour le premier, refpecté plus l'original
que l'image? & quant au fecond, la repréfentation posthume,
fuivit de fi près l'exécution, que l'on ne peut douter que les
Acteurs, à Paris, comme à Vienne, ne s'entendiffent fort
bien. Le coup de piftolet, qui de Paris eft allé frapper fi
jufte à Stockolm, nous a préparé très à propos une IIIème
réjouiffance civique : & comme ces Meffieurs font ordinai-
rement affez fûrs de leurs coups, on peut compter déjà que
certaines anecdotes peu confirmées encore, telles qu'une
heureufe léthargie, envoyée, dit-on à Berlin, *Item* l'Empri-
fonnement d'une autre fameufe Ariftocrate du Nord dans
un couvent de Religieufes, *Item* une maladie grave d'un
certain Electeur & plufieurs autres grands *item*, fe termi-
neront à fouhait. Et puis, avec le tems, nous en verrons

écumant fa rage, exhalant contre lui les bouffées de
fon infolente méchanceté. Pour fe diftraire de ces
images trop voifines, veut-il égarer fa vue fur de
rians payfages ? elle ne découvre au loin qu'un ho-
rifon de malheurs ; des campagnes dévaftées, hé-
riflées de bayonnettes , que Céres abandonne à
Bellone; des bourgs défolés, des villes défertes &
rébelles, que ravagent la faim , le brigandage &
l'anarchie ; & dans ce Champ de mars , ces Champs
Elisées , & par tout , il ne retrouve que des apprêts
de révolte , & les horreurs du *Tartare.*

RAMÉNE-T-IL fes regards fatigués fur ce fleuve ma-
jeftueux , chargé des tréfors qu'il vient inceflamment
verfer en tribut aux pieds de cet ancien Palais des
Rois, et va diftribuer dans tous les quartiers de cette
ville opulente ? Ah ! ce fleuve enchanté , qui na-
guerres arrêtoit avec plaisir ses flots amoureux fur
ces rives fuperbes, obscur à préfent & fans gloire,
entre ces horribles phalanges effroi du commerce,
& ces machines foudroyantes dont elle eft bordée,
la Seine esclave & confternée ne roule en mur-
murant dans ces murs odieux que du falpêtre , du
fer et des débris ; n'apporte qu'à regret, avec les
nouvelles de tant de défaftres, des alimens à tant de
crimes , & ne reporte aux provinces infatuées que
les fruits contagieux de la doctrine & des exemples
de la Capitale.

---

bien d'autres. Il est vrai , que des antres jacobins à Pekin,
& de Jourdan Briffot à l'Empereur de la Chine, il y a
loin encore : mais il ne faut défespérer de rien : *omnia jam*
fient, fieri quæ poffe negabam.

Quoi! pas un seul objet ne s'offrira donc à ses
yeux, qui ne viennent enfoncer dans son cœur
mille traits déchirans. Accablé, confondu, repoussé
presque, hélas! de toute la nature, s'il se replie
sur soi-même, et se renferme dans ce tombeau
qui l'engloutit vivant, ô Dieu! qu'y rencontre-t-il?
toujours en face des fronts sourcilleux, des yeux
farouches : toujours devant ses pas une haie de pi-
ques étincelantes, plus d'une fois tournées contre son
sein. Toujours autour de lui ses espions, ses geoliers
ses bourreaux, & cependant, ô douleur! ses propres
sujets aimés plus que sa couronne & sa vie, des
enfans qu'il porte tous dans son cœur ..... sous ses
pieds, de sinistres cachots, Peut-être des foudres
souterrains disposés par la perfidie.,.....sur la tête.....
ah! plus à plaindre cent fois que cette infortunée
victime d'un tyran ingénieusement cruel, placée,
au milieu d'un appareil voluptueux & perfide, sous
une mort continue, sous la chûte au moindre
souffle inévitable d'un glaive & étincelant, oh! que
dans cet état, le misérable colifichet de couronne,
qu'on feint de lui laisser, doit lui paroître importun,
dérisoire, accablant! combien doivent lui paroître
amers les tristes mets détrempés de ses larmes qu'on
présente à sa table ; ces mets assaisonnés par des
espèces d'hommes, semblables sans doute à tous
ceux dont on l'entoure, c'est-à-dire payés pour
l'enyvrer de fiel & d'absynthe; et, que sçait-on?
pour préparer peut-être, aux augustes captifs trop
long-temps conservés, de ces affreux breuvages,
tel que l'on a pris soin d'en envoyer d'avance à
leurs alliés, leurs défenseurs, leurs frères, tels que

l'on en promet à tous leurs égaux jufqu'aux extrémités du Monde!*.

---

* Peuple malheureux, Peuple aveugle, n'ouvriras-tu
pas enfin les yeux à de pareils traits? Croiras-tu qu'en
te délivrant ainsi de tes prétendus Tyrans par des assas-
sinats, ils ne respirent que le plus grand bien, ne veulent travailler qu'au bonheur des humains? Qu'empoi-
sonner les Chefs des Nations, et tirer des cachots, conduire en triomphe les chefs des brigands, ce sont les vrais
et légitimes moyens de l'opérer? De pareilles œuvres ne te
semblent-elles plus des crimes? Ou le prétendu bien,
ainsi produit, ne te paroît-il aucunement suspect? T'obs-
tineras-tu toujours à croire à la pureté de leurs senti-
mens, à la sublimité de leurs vues, lorsqu'ils ne cachent
ni les principes de semblables systèmes, ni les conséquences
pratiques qu'ils en tirent? Lorsque la Terrasse des Feuillans
crie aux oreilles de tes vertueux Maîtres, qu'avant un
mois l'Univers sera purgé de Souverains ; lorsqu'il existe
publiquement, à la face des Magistrats, sous la sauve-garde
de la loi nouvelle, des Sociétés osant prendre le nom de
Tyrannicides? Peux-tu bien dans ton cœur, dans le sang
froid de la raison, & la droiture de la conscience, avouer
une pareille doctrine, la justifier à tes propres yeux? Et
continueras-tu, sur la parole de tes nouveaux docteurs, à
la juger digne de te faire oublier l'Evangile?

O belles Contrées, trop tôt défrichées, trop long-
tems cultivées par des hommes, recouvrez-vous de marais, de landes, hérissez-vous de nouveau d'épines,
de rochers, de forêts; et que des habitans moins cruels,
moins sauvages, ceux dont ils sont d'ordinaire peuplés y rame-
nent au moins le calme, le silence et la paix des déserts; une
image de l'ordre plus réelle et des mœurs plus innocentes. Oui,
que les serpens, les Ours, les Panthères y prennent
la place du Peuple docteur & si poli, qui vous avoit ren-
dues si célèbres? vous n'y aurez pas peu gagné.

Dans cette complication de maux, ce labyrinthe inextricable de pièges, de rufes, de machines autour de lui dreffées, feul au milieu d'un Peuple immenfe qui n'eft plus le fien, fans efpoir ni moyen de recevoir aucune inftruction fidelle, aucun avis fincère fur ce qui doit l'intéreffer le plus, et moins à portée de connoître fa propre fituation que le dernier de fes fujets quelle iffue pourroit trouver les confolations, les fecours, les lumières ? Comment percer ces triples murs de féparation, de ténèbres, qui le dérobent à nos regrets, à notre amour, au zèle ardent qu'il infpire ? Comment à travers ces Dragons furieux qui, l'œil étincelant, veillent jour et nuit fur la toifon conquife dont tant d'avanturiers partagent la dépouille, comment généreux amis vous gliffez jusqu'à lui ? Eh ! Combien de milliers, cher Prince, accourroient à l'inftant, s'il étoit permis, embraffer tes genoux et te faire un rempart de leurs vies ! ô comble de douleur ! A tant de privations, tant d'afflictions dont on le raffafie, il manquoit encore ce dernier dégré d'infortune, le plus grand pour un Roi, de ne pouvoir plus efpérer de rencontrer un ami, encore moins ofer le reconnoître, ne fut-ce que d'un coup d'œil. En vain le Génie de la France, à travers tant d'obftacles, t'avoit enfin tiré de cet abyme, et conduit par la main jufqu'aux portes de la liberté : plus fort que nos vœux et les fiens, le Génie de la deftruction a rompu toutes fes mefures ... ô jour de deuil éternel pour tous les bons français, pour la vertu ! Jour du triomphe de la fcélératesse, où fendant les flots d'un Peuple infolent, tes courfiers inondés de fueur, fouillés de pouffiere, la tête baiffée, l'œil morne & mouillé de pleurs, te ramenoient mourant !.... Puiffent-t-il être, ce jour d'opprobre, à jamais effacé des faltes du Monde ! Hélas ! Depuis cet horrible moment, les verroux du cachot n'ont fait que fe multiplier, tes fers que s'aggraver, et les nœuds qui t'enlacent, que fe rétrecir et fe compliquer fans fin. *

Il n'eft donc que trop vrai cher Prince, le délaiffement où te voilà réduit, ton dénûment, ton abandon font abfolus, complets, univerfels. Il ne refte plus rien à faire à la fatalité qui te pourfuit : de tout ce qui décoroit, muniffoit ta perfonne facrée, il ne te refte que l'efcorte de tes vertus ! mais ô foible rempart dans le temps où nous fommes !.... Defcendez donc du Ciel, defcendez ô gardes invi-

---

Quand je confidère un chef de grand peuple, *qui feul, à l'exemple des Dieux, foutient tout par foi même, et voit tout par fes yeux,* fans doute à ces traits je reconnois un Roi, et même, comme l'appelle Boileau, un *grand Roi.* Mais celui que l'on tient, nouveau *Mafque de Fer,* entre quatre murailles, les yeux bandés, la voix étouffée, les mains enchaînées, ou du moins autant vaut, comme fi l'on voulloit ainfi l'expofer, fans défenfe, à la merci du premier hardi Scélérats qui ofera tenter de l'achever ; et que dans cet état, on fait mouvoir de tems en tems par des fils tirés du manège, ou de la terraffe voifine, comme il convient à fes meneurs pour perfuader aux badauts qu'il donne encore quelque figne de vie ; quelle impudence de l'appeller *pouvoir exécutif* lorfqu'il n'eft pas même l'inftrument paffif de volontés conçues, arrêtées, exécutées pour l'ordinaire abfolument fans lui ; & fouvent malgré lui ? quelle impudence, dis-je, aux Chefs de la faction de nous prendre pour dupes de ces mots ! ou quelle ftupide crédulité dans tout un peuple de fe contenter, & de prendre effectivement tout cela pour argent comptant.

fibles : entourez de vos phalanges immortelles, et couvrez au milieu de ce peuple d'affafins, couvrez de vos boucliers impénétrables l'illuftre rejetton de tant de Rois chrétiens, le fils de ce vertueux Bourbon, ce grand Prince, l'efpoir de l'empire et de la religion, dont la mort prématurée fut le premier triomphe de l'enfer, et le prélude de ce torrent de maux dont la France eft inondée. C'eft le digne héritier de ce Louis aujourd'hui régnant avec vous, ce Héros pieux & fublime, qui jadis alloit braver les prifons & la mort pour affranchir des infultes des infidèles le tombeau de votre divin Monarque. Que dis-je ? Ah ! c'eft aujourd'hui, c'eft la plus touchante image que la terre puiffe nous offrir de ce Roi fi bon, fi généreux, le vôtre, et celui de l'Univers; qui marqua les jours de fon paffage par fes bienfaits, et comme lui ne reçut en échange que des outrages; qui préféra de mourir pour des ingrats & de leurs mains, * plutôt que d'appeller à fon fecours douze légions impatientes de lui prouver leur amour et leur foi.

FRANÇAIS, habitans des Provinces éloignées, honnêtes villageois qui confervez encore de précieux veftiges de l'antique innocence, hôtes fimples &

---

* *Nonne poffum rogare Patrem, et exhibebit mihi modo plufquam duodecim legiones Angelorum?* C. 26 math. Ce traitr appelle la conduite de LOUIS XVI. Ces rapprochemens m'ont paru fi naturels, fi frappans, que je n'ai pu m'empêcher de les faire obferver. Servir les hommes et fouffrir, eft le fort ordinaire de la Vertu : Mais la Vertu fur le trône, avec tant d'acharnement & fi conftamment, perfécutée, et toujours pure, inaltérable, toujours aimante et généreufe ! ici la reffemblance devient parfaite.

bons de ces montagnes où la perverfité du fiècle à
peine à s'introduire, ô vous tous que l'on s'efforce
d'aveugler par tant d'horribles manœuvres, je viens
de mettre fous vos yeux l'exacte vérité, que l'on
vous défigure : Français, je vous laiffe avec cette
image : *voilà votre Roi* ? le voilà tel que vous l'avez
fait ? voilà cet homme de douleurs, qui pour avoir
voulu vous raffafier de biens & de délices, fut par
vous, ou du moins en votre nom, abreuvé d'amertume ? Voilà ce Héros du malheur, dont les in-
fortunes fans exemple et fans mefure, forment par
leur nombre et leur fingularité l'enfemble étonnant
de ce que jamais l'hiftoire du Monde offrit de plus
grand, de plus inconcevable, fi ce n'eft fon invin-
cible conftance, fi ce n'eft cette longanimité qui lafferoit
le crime, cette bonté fublime, inaltérable, audeffus
même de l'ingratitude monftrueufe de fes perfécuteurs !
Français, vous êtes frivoles, inappliqués, crédules,
faciles à tromper ; peut-être même emportés, violens dans vos tranfports fubits ; mais vous êtes fen-
fibles & généreux ; vous n'étiez point nés pour l'injuftice & la barbarie. Qu'aux premieres lignes de
ce trifte récit quelqu'un de ces Lecteurs prévenus
s'effarouche, & crie à l'*Aristocrate* : je n'en ferai
pas etonné : je fuis tout dévoué à vos fureurs : qu'il
vienne : je lui dirai, comme autrefois Thémiftocle, à
Eurybiade : *frappe, mais écoute ; prépare ta lanterne,
mais lis jusqu'au bout.* Quiconque aura fait cet effort,
aura parcouru, fuivi dans tous fes détails ce tableau
douloureux, fort incomplet fans doute encore, et
pour lequel je manque d'affez fortes couleurs, mais
fidele et vrai, et l'aura pu foutenir les yeux fecs,
le cœur tranquille et froid, ah ! qu'il ne vienne
pas me dire *qu'il est Français*: non lache, non
cruel,

cruel, je l'affirme hardiment, tu ne l'es point ; tu ne fus jamais homme : tu n'es qu'un de ces fcélérats gangrénés défefpérés, de ces êtres cadavreux et morts fur lefquels je fais bien qu'il ne peut y avoir de prife; je reconnois à ce trait un de ces monftres appellés par les furies dans ces triftes régions pour les bouleverfer.

Mais vous, qui vous fentez émus, vous qui voudriez fincérement éviter l'erreur, qui déja frémiffez aux premiers foupçons de l'injuftice; vous qui n'avez pas encore entièrement effacé de vos cœurs ces loix plus facrées que celles du jour, écrites des mains de l'Eternel, ô mes vrais compatriotes, mes frères je vous adjure par vos entrailles humaines; par ce bonheur tant promis qui s'éloigne de jours en jours, par vos fortunes, votre falut, vos enfans, vos époufes, par les derniers foupirs de la patrie expirante; ah! ne repouffez pas, au bord de l'abyme, ces derniers efforts de ma douleur; daignez fufpendre un moment les transports du faux enthoufiasme que l'on vous infpire, écartez les préjugés, examinez attentivement les deux grandes caufes qui partagent aujourd'hui le Monde, ou plutôt la vôtre; & prononcez enfin entre vos vrais ennemis, & leurs innocentes victimes. Les Jacobins, méritent l'exécration, ou moi l'animadverfion du Genre humain; ils en font le fléau ou je ne fuis qu'un féducteur, un traitre. Leurs crimes, ou mes discours réclament une prompte vengeance; confrontez nos écrits, nos leçons, nos maximes et nos œuvres; et fi du milieu de ce cahos; la Vérité fort enfin éclatante à vos yeux; ah! ne la retenez donc plus captive dans le découragement et l'ignominie,

enchaînée par la terreur, écrasée par l'injustice. Hâtez
vous, confondez avec éclat l'imposture et la scélératesse; arrêtez leurs effroyables progrès; rompez ces
trames abominables; brisez le joug de vos perfides
oppresseurs, et SAUVEZ LOUIS.

F I N.

Journal de Louis XVI, ou *le défenseur de l'Autel,
du Trône et de la Patrie*, pour lequel on souscrit à
Paris, chez LAURENS jeune, Impr. Libr. rue Saint-
Jacques N°. 37, à raison de 18 liv. pour 156 Nos. 12 liv.
pour 104 Nos. & 6 l. 12 sols pour 52 Nos. (*port franc*)
avec cette épigraphe:

    O toi, Soleil, ô toi, qui rends le jour au monde
    Que ne l'as-tu laissé dans une nuit profonde!
    A de si noirs forfaits prêtes-tu tes rayons?
    Et peux-tu, sans horreur voir ce que nous voyons?
        RACINE, trag. des Freres ennemis.

Tous livres & brochures relatifs au soutien de l'*Autel*
et du *Trône*, se vendent et s'impriment chez le même
libraire, les demandes par la poste & *franches* ne doivent être pas moins de 3 liv. elles sont expédiées très
promptement.